EL ÁRBOL DEL MEJOR FRUTO

Tirso de Molina

PERSONAS QUE HABLAN EN ELLA:

- **CLODIO, bandolero**
- **MELIPO, bandolero**
- **PELORO, bandolero**
- **CONSTANTINO, príncipe**
- **ANDRONIO**
- **MAXIMINO, padre de Irene**
- **Un PAJE**
- **Cuatro SOLDADOS**
- **CLORO, labrador**
- **LISINIO, labrador**
- **NISE, labradora**
- **MINGO, villano**
- **ELENA, madre de CLORO**
- **IRENE, dama**
- **ISACIO, duque**
- **CONSTANCIO, emperador viejo**
- **Dos CRISTIANOS**
- **Tres INDIOS**

ACTO PRIMERO

Salen con máscaras CLODIO, MELIPO y PELORO,
bandoleros, acuchillando a CONSTANTINO, de camino, y
ANDRONIO

CLODIO: Rendíos, caballeros,
        que somos cuatrocientos bandoleros.
MELIPO: ¿Qué habéis de hacer tan pocos
        contra tantos, si no es que venís locos?
CONSTANTINO: Yo no rindo la espada
        a quien la cara trae disimulada.
        Quien de ella no hace alarde,
        traidor es, y el traidor siempre es cobarde;
        que, en fin, entre villanos,
        cuando las caras sobran, faltan manos;
        y será afrenta doble
        que se rinda a quien no conoce un noble;
        pues ser traidor intenta
        quien descubrir la cara juzga afrenta.
PELORO: ¡Mataldos, caballeros.
CONSTANTINO: Mal conocéis, villanos, los aceros
        que aqueste estoque animan.
ANDRONIO: Porque no te conocen, no te estiman.
        Diles quién eres.
CONSTANTINO: Calla,
        cobarde, que es honrar esta canalla
        mostrar tenerlos miedo.
        Cincuenta somos, y el valor que heredo,
        basta.
ANDRONIO: ¡Qué desatino!
CONSTANTINO: Villano, ¿es bien que tema Constantino
        a cuatro salteadores,
        cuando besan sus pies emperadores?
        ¡Mueran los foragidos!
TODOS: ¡A ellos!
PELORO: Pocos son, pero atrevidos.

Métenlos a cuchilladas

CONSTANTINO: ¡Ay, Irene querida!   **Dentro**
          muerto soy.
CLODIO: Por callar, pierdes la vida. **Dentro**
ANDRONIO: Romanos, de la muerte   **Dentro**
          huyamos, que no es cuerdo el que por fuerte
          la fortuna provoca,
          que la temeridad pierde por loca.

**Salen los bandoleros, sacan a ANDRONIO, y trae
CLODIO unas cartas y un retrato**

CLODIO: No harás, mientras repares
          encubrirte, y quién eres no declares,
          este retrato y pliego,
          que alimentaba del difunto el fuego.
ANDRONIO: Ya el callar, ¿qué aprovecha,
          Fortuna en mis desdichas satisfecha,
          si ha de decir la fama
          lo que la lengua encubre y el mundo ama?
          Al César Constantino habéis,
          bárbaros, muerto, y al camino
          saliéndole tiranos,
          la esperanza quitáis a los romanos
          del más noble mancebo
          que vio en sus ojos coronado Febo.
PELORO: ¡Válgame Dios! ¿Qué dices?
ANDRONIO: La hiedra de sus años infelices
          en cierne habéis cortado,
          en túmulo su tálamo trocado
          a César con Irene,
          por quien la Grecia luz y vida tiene.
          Desde Roma venía,
          viudo antes que casado; en este día
          le llora el tiempo ingrato.
          De Irene es el bellísimo retrato
          que en aqueste trasunto

amor pintado paga amor difunto.
Hüid de la venganza
de un monarca que a todo el mundo alcanza,
que su padre, el augusto,
tiene de procurar con amor justo,
en sabiendo la nueva
que mi desdicha y su rigor le lleva.

CLODIO: ¡Cielos! si aquesto es cierto,
             todo el imperio ha de vengar el muerto.
             ¿Pues de qué traza y modo
             podemos resistir al mundo todo?
             Huyamos, bandoleros,
             que no son muros estos montes fieros
             para excusar castigos
             de tantos y tan fuertes enemigos.
MELIPO: No nos han conocido
             con el disfraz, que nuestra vida ha sido,
             y de estos desconciertos
             no hay que temer, no siendo descubiertos.
             Lo mejor es que huyamos,
             y los ricos despojos repartamos,
             pues con ellos podremos
             de la pobreza asegurar extremos.
PELORO: ¡Notable desatino!
UNO: Corra la voz que es muerto Constantino.
CLODIO: Murió en este destierro
             el César.
OTRO: Constantino ha sido el muerto.

Vanse dando voces. Salen CLORO y LISINIO,
labradores, CLORO será el mismo que, hizo a CONSTANTINO

LISINIO: La conformidad constante,
             Cloro, que quiso algún Dios
             hacer que fuese en los dos

de un natural semejante,
   de tal suerte me ha inclinado,
que no me hallo sin ti.
¿Qué es lo que haces aquí,
siempre en libros ocupado?
   Mira que al tosco sayal
el ser letrado repugna.
CLORO: Desmintiendo a mi fortuna,
Lisinio, mi natural,
   aunque en verme te congojas
cuadernos desentrañando,
por árboles voy mirando
libros, pues todos son hojas.
   No nací para pastor,
puesto que mi madre sea
natural de aquesta aldea,
porque el oculto valor
   que vive dentro en mi pecho,
me inclina, si lo penetras,
a las armas y a las letras;
y aunque estudio sin provecho,
   el amor de aquesta gente,
que los Césares romanos
persiguen por ser cristianos;
el verla tan inocente,
   tan constante en los trabajos
y en los tormentos tan firme,
he venido a persuadirme
que, no pensamientos bajos,
   sino verdades ocultas
amparan su profesión,
y hélos cobrado afición.
LISINIO: No sin causa dificultas
   lo mismo que yo resisto
cuando de sus cosas trato.
Su sencillez y recato
amo, Pero aquese Cristo
   que adoran me hace dudar
y que de su ley me asombre.
CLORO: ¿Por qué?

LISINIO: Anteponer un hombre
              a los dioses, ¿no ha de dar
                 ocasión de que por locos
              los juzgue? A un crucificado,
              de su nación despreciado,
              tenido por Dios de pocos,
                 y esos pocos, pescadores,
              a quien, como simples pudo
              engañar, roto y desnudo,
              ¿qué Augustos, qué emperadores
                 de su parte alegar puedes,
              que acrediten sus hazañas,
              sino barcas, y marañas
              de engaños, como de redes?
                 La ley de nuestros pasados
              es de más autoridad,
              porque toda novedad
              fue dañosa en los estados.
                 La adoración de los dioses,
              por antigua y santa adoro.
              Déjate de engaños, Cloro.
CLORO: Cuando repugnarla oses,
                 ¿qué importa, Lisinio amigo,
              si sus obras celestiales
              muestran que son inmortales?
              Aunque yo a los dioses sigo,
                 ¿perdieran tantos la vida
              con tal gusto, a no saber
              que otra mejor ha de ser
              para su fe prevenida?
                 ¿Hicieran milagros tantos?
              ¿Vencieran tantos tormentos,
              siempre humildes y contentos,
              a no ser buenos y santos?
                 ¿Qué fuego se atreve a ellos?
              ¿Qué mares los anegaron,
              aunque millares echaron
              con hierro y plomo a sus cuellos?
                 Los anfiteatros digan
              si los tigres y leones,

mansos a sus oraciones,
a sus pies vienen y obligan.
    Diga el cuchillo más fuerte
si en ellos tuvo poder.
Si es ansí ¿qué pueden ser,
hombres que vencen la muerte?
LISINIO: Encantadores.
CLORO: No creo
que ese atributo les dieras
si en este libro leyeras
lo que yo admirado leo.
LISINIO: No dio el cielo a mi ignorancia
tal ventura, que aprender
haya podido a leer,
aunque soy todo arrogancia.
    Mas, ¿qué libro es éste?
CLORO: Historia
de mil de aquestos que dieron
sus vidas, y al fin salieron,
aunque muertos, con victoria.
    ¿Quieres oír algo de él,
y sabrás quién es su Dios?
LISINIO: Di.
CLORO: Sentémonos los dos
debajo de este laurel.

Siéntanse debajo de un laurel y lee CLORO

"Pedro y Andrés, en cruz, con fe divina
un Dios confiesan sólo Omnipotente
victorioso del mar, triunfa Clemente;
del cuchillo y navajas, Catalina.
    Palmas ganan Eulalia con Cristina;
un Laurencio honra a España y un Vicente;
del cordero en la púrpura inocente
justa se baña, auméntala Rufina.
    Sebastián, con las plumas de sus flechas
corónicas al cielo en sangre envía;
salen Diego e Ignacio vencedores.

Leocadia ablanda cárceles estrechas;
cuchillos vence Inés, llamas Lucía."
VOZ: Lisinio y Constantino, Emperadores.**Dentro**

Cae sobre sus cabezas un ramo de laurel

CLORO: ¿Qué es esto?
LISINIO: Son las grandezas
con que el cielo nos sublima.
Cayendo el laurel encima,
corona nuestras cabezas.
CLORO: Emperadores nos llama
quien nuestra dicha pregona,
y la ninfa nos corona
que Apolo consagró en rama.
LISINIO: Cloro, ya el cielo se ofende
de nuestro ocio, pues que de él
cayéndose este laurel
nos despierta y reprehende.
  Tu pecho con él anima,
y deja estorbos cobardes.
Basta esta rama, no aguardes
que se caiga un monte encima,
  que yo, animado por él,
desde hoy el traje grosero
dejo, porque verdadero
salga este imperial laurel.
  Escuadrones de soldados
me ofrece el cielo propicio,
no en el rústico ejercicio
hatos de humilde ganado.
  Aquésta es mi inclinación.
Púrpura, a mi ser igual,
reinos dará a mi sayal
hazañas a mi opinión.
  Maxencio en Roma adelanta
su ambición y mis deseos,
y con augustos trofeos
gentes alista y levanta.

   Con Constancio tiene guerra,
del mundo competidor
un sol y un emperador
pretende solo la tierra.
   Si quieres que militemos
a su sombra, Cloro noble,
y que la encina y el roble
en lauro y palma troquemos,
   dejemos montes los dos,
que rústicos animales,
ni cívicas, ni murales
dan coronas, sino Dios.
CLORO: Oye, Lisinio, primero,
pues como el oro en la mina,
una alma escondes divina
dentro de un cuerpo grosero;
   que puesto que el pensamiento
que tienes en mí es de estima,
lo que más el pecho anima
es el noble nacimiento.
   Déjame saber quien soy,
pues nunca mi ingrata madre
me ha dicho quien es mi padre,
que mi palabra te doy,
   ya sea, como imagino,
generoso, ya al sayal
deba el ser y natural,
que este presagio divino
   contigo haga verdadero,
sin que peligros sean parte
para que de ti me aparte;
antes, desde agora quiero
   que de cualquiera fortuna
que nuestra dicha prevenga,
igual parte en ella tenga
cada cual, porque sea una.
   Si fuere César, serás
César como yo; si rey,
rey serás con igual ley
sin dividirse jamás

       por guerra o por otro extremo;
que más puede una amistad,,
si es firme, que la hermandad
crüel de Rómulo y Remo.
LISINIO: Eso mismo que me ofreces
cumpliré, Cloro contigo,
haciendo al cielo testigo,
como a sus deidades, jueces.
     Pero no puedo esperarte,
que la inclinación me llama.
Aplica espuelas la fama,
y abrase mi pecho Marte.
     No nos veremos los dos
mientras monarca no seas
del mundo.
CLORO: Su esfera veas
a tus pies.
LISINIO: Adiós.
CLORO: Adiós.

Vase LISINIO. Sale NISE, labradora, y MINGO,
villano, con un harnero

MINGO: ¡Válgame Dios! ¿Por echarle
la cebada os da molestia?
NISE: ¡Calla, bruto, necio, bestia!
MINGO: Eso sí, apodar y darle.
     Pues no suelo yo ser mudo,
ni vos muy limpia, aunque habláis,
que media azumbre gastáis
de agua en lavar un menudo.
NISE: ¡Yo! ¿Cuándo?
MINGO: El de hoy os avise.
NISE: Tú mientes.
MINGO: ¡Darle, y gruñir!
CLORO: ¡Que siempre habéis de reñir!
    ¿Qué tienes con Mingo, Nise?
NISE: Aposentóse un doctor
en el mesón...
MINGO: ¿Qué? ¿Quería
decirlo ella? En fin, venía

afligido del calor
    y de hambre de la jornada.
Mandónos poner a asar
una gallina, y echar
paja a la mula, y cebada.
    Entro luego en la cocina,
y como mal entendí,
la cebada al doctor di,
y a la mula la gallina.
    ¡Miren qué culpas son éstas!
CLORO: ¿Vióse necedad mayor?
MINGO: ¿Pues no ha llevado al doctor
la cansada mula a cuestas?
    ¿No es bien que a quien más trabaja
se dé mejor de cenar?
Luego bien hice de dar
al doctor cebada y paja,
    y a la mula la gallina.
NISE: ¡Calla, bestia!
MINGO: ¿Pensáis vos
que no sabe de los dos
la mula más medicina?

Sale ELENA, de labradora

ELENA: ¡Que no ha de haber ocasión
que donde quiera que estáis
ambos a dos, no riñáis!
MINGO: ¿Qué quiere? Soy un riñón.
NISE: Mientras este bruto esté
en casa, ¿quién no dará
voces?
ELENA: Éntrate tú allá.
NISE: ¡Para ésta!
MINGO: Jurad la fe;
    si es bien que en vuesa fe crea,
no siendo la fe de Dios,
aunque si se añade en vos,
no va mucho de fe a fea.

Vase NISE

ELENA: Cloro, :qué haces aquí?
CLORO: Generosos pensamientos
animan atrevimientos
tan poderosos en mí,
  que me han obligado, madre,
que, porque los certifique,
aquesta vez te suplique
me digas quién fue mi padre.
  Que el ilustre natural
que a mi humildad hace guerra,
me certifica que encierra
este rústico sayal
  prendas con que esfuerzo cobre
el valor a que se aplica,
sin creer que alma tan rica
procede de un padre pobre.

ELENA: Cloro si estos pensamientos
los gobernara el jüicio,
que en esta ocasión te falta,
fueran sabios como altivos.
A un pastor, humilde y pobre,
debes el ser abatido,
que no en palacios soberbios
te dio, sino entre cortijos.
Una pajiza cabaña,
que contra el sol, el estío,
y contra el agua, el invierno
sirve de toldo propicio,
es tu casa de solar;
no los pavimentos ricos,
ni los artesones de oro,
asombro del artificio.
¿Qué importa que el arroyuelo,
soberbio cuanto atrevido,
con las lluviosas corrientes

haga competencia al Nilo,
si la tempestad pasada
vuelve al mísero principio,
y después pisar se deja
del animal más sencillo
y pequeño de la tierra,
dando a sus pasos camino?
Nacen a la hormiga avara
alas para su peligro,
pues cuando a Dédalo intenta
imitar, de un pajarillo
es miserable sustento,
sepulcro haciendo su pico.
No es bien que porque la palma
hasta el alcázar lucido
se atreva a subir del sol,
un junco desvanecido,
competir con ella,
pues de su flaco principio
ignorando el fundamento
es verdugo de sí mismo.
Cuando te pintes, soberbio,
Rómulo, Alejandro y Ciro,
y la ambición te prometa
coronas y señoríos,
considérate un arroyo,
no profundo caudal río!
un junco, una hormiga vil,
y desharás, convencido,
ruedas de pavón soberbias;
que si la corneja quiso
vestirse plumas hurtadas,
ellas le dieron castigo.
No violentes, ambicioso,
tu natural, si perdido
después llorar no pretendes
juveniles desatinos.
Una haza son tus armas,
y en vez del estoque limpio,
la hoz corva, el tosco arado,

ovejas y un novillo.
Éstos ejercita, Cloro,
a Scipiones y Fabricios
deja triunfos y victorias
pues para pobre has nacido.

CLORO: Rigurosa madre, espera.
¡Ay, cielos! no sé si impíos,
porque en tales desengaños
sepultáis nobles designios.
¿Para qué Elena te llamas,
si siempre este nombre ha sido
blasón de ilustres matronas,
que en ti despreciado miro?
Nunca yo quien soy supiera,
pues la humildad pone grillos
al deseo ya frustrado,
que de un rústico soy hijo.
MINGO: Yo, a lo menos más dichoso
soy, aunque me llamo Mingo,
pues si no mintió mi madre
diz que me parió en el signo
de Capricornio, y en fe
de esto la comadre dijo
que un sátiro me engendró
y por eso satirizo.

***Sale CLODIO, con las cartas y retrato. PELORO y
MELIPO***

CLODIO: Cuanto más lejos estemos
del emperador, airado,
cuyo hijo malogrado,
sin conocer, muerto habemos,
 más se asegura la vida,
que con tanto riesgo está.

                    Al romano imperio da
                    Persia guerra defendida;
                        en ella no hay que temer
                    Clodio, castigo o venganza,
                    pues en su reino no alcanza
                    de Roma todo el poder.
                        Descansemos por agora
                    en esta venta.
CLORO: ¡Ay, de mí,
                    que tan humilde nací
                    que cuando el cielo mejora
                        con el esfuerzo el valor
                    de quien ilustrar desea
                    Cloro, cielos, Cloro sea
                    hijo de un pobre pastor!
CLODIO: Labradores, ¿hay posada?
                    ¿Para cuántos?
CLORO: ¡Detenéos,
                    desvanecidos deseos!
MINGO: No les faltará cebada
                        que coman, si son doctores,
                    ni gallinas que les demos
                    a las mulas.
CLODIO: ¿No tenemos,
                    a pesar de los temores
                        con que a costa, del cansancio
                    animan nuestro camino.
                    presente aquí a Constantino,
                    hijo del César Constancio?
MELIPO: A no desdecirlo el traje
                    y saber que queda muerto
                    yo lo tuviera por cierto,
                    sino es que del cielo abaje
                        a castigar nuestro insulto
                    disfrazado en el sayal.
CLODIO: ¿No es retrato original?
                    Sí, que vive en él oculto.
                        ¿No es aquella su cabeza,
                    sus ojos, su boca y talle?
PELORO: En él quiso retratalle

                    la sabia Naturaleza.
                    No he visto igual semejanza.
CLODIO: Ahora bien; sea o no sea
               quien mi ventura desea,
               si consigue mi esperanza
                    lo que mi intento procura,
               y este hombre, amigos engaño
               hoy con un ardid extraño,
               doy alas a mi ventura.
MELIPO: ¿Pues qué pretendes hacer?
CLODIO: Pues que se parece tanto
               al difunto, que es encanto,
               si no es del cielo poder,
                    y aquí cartas y retrato
               de Irene tengo, intentemos
               persuadirle, si podemos
               y tiene ingenio y recato,
                    que se finja Constantino
               y se case con Irene.
MELIPO: ¡Extraña traza, si viene
               a admitir tal desatino!
                    Mas ¿cómo un tosco pastor
               mudará su grosería
               en el trato y policía
               de un romano emperador,
                    si conforma con su traje
               su ingenio:
CLODIO: De un tosco roble
               se hace una imagen noble.
PELORO: Siendo bárbaro el lenguaje
                    que aqueste monte le ha dado,
               descubrirá esta traición.
MELIPO: Disfrazóse de león
               un bruto torpe, y trocado
                    en él, bramar cual él quiso,
               y dicen que rebuznó,
               y en su afrenta, a todos dio
               de su atrevimiento aviso.
                    Lo mismo ha de sucedernos
               si hacemos tal desvarío.

CLODIO: De su traza y rostro fío
             que podemos atrevernos.
               Aquellas nobles facciones,
             del príncipe semejanza,
             me animan.
MELIPO: Todo lo alcanza
             la industria. A mucho te pones;
               aunque si con eso sales,
             seguro está el interés
             y ventura de los tres,
             porque a Dédalo te iguales.
CLODIO: Si con Irene se casa
             y a ver a Constancio va,
             cuando de su hijo está
             llorando la suerte escasa,
               la similitud extraña
             que le iguala a su valor,
             burlará al emperador;
             y si dichoso le engaña
               y le tiene por su hijo,
             ¿qué más dicha?
MELIPO: Quedó el muerto
             a elección en el desierto
             de las fieras. Yo colijo
               que ya habrán hecho en él presa.
             Si no parece ¿quién duda,
             viendo que en éste se muda
             y el imperio le confiesa
               por el propio Constantino,
             que su padre ha de creer
             ser el mismo?
PELORO: Vendrá a ser
             un engaño peregrino.
CLODIO: Ponerlo en ejecución
             falta sólo.
CLORO: (¡Que haya sido   **Aparte**
             tan bajamente nacido!
             ¡Ay, loca imaginación!)

                              De rodillas

CLODIO: Danos esos pies augustos,
si merecemos besallos
CLORO: ¿Qué es esto?
CLODIO: Honra tus vasallos
con premios señor, tan justos.
CLORO: Señores, si el tosco traje
que traigo, os obliga así
a que hagáis burla de mi,
ninguno me hizo ultraje
  que, con honrada venganza
no sirviese de escarmiento
a su necio pensamiento.
CLODIO: Generosa semejanza
  del más ilustre heredero
que Roma a su imperio dio
y la muerte malogró,
si el retrato verdadero,
  que autoriza y ennoblece
hoy en ti su original,
no es en tu alma desigual
y a la tuya le parece
  por un extraño camino
ha puesto el cielo en tu mano
la esfera y globo romano
y feliz de Constantino.
  Si a tu saber satisfaces
y tu persona eternizas,
de sus augustas cenizas
milagro al mundo renaces.
  Constantino, sucesor
de Constancio, partía a Grecia,
que en fe de lo que le precia
Maximino, emperador
  y monarca del Oriente,
a Irene le había ofrecido,
hija suya, y reducido
el griego lauro a su frente.
  Con este retrato y pliego

caminaba Constantino,
cuando saliendo al camino
un escuadrón loco y ciego
  de quinientos foragidos,
de repente le asaltaron,
y el abril verde agostaron
de treinta años no cumplidos.
  Por no darse a conocer
dio venganza a sus aceros.
Huyeron los bandoleros,
que vinieron a saber
  la calidad del difunto,
temerosos del castigo.
Yo, de su muerte testigo,
tomando aqueste trasunto
  de Irene, y cartas, volvía
con las nuevas lastimosas
a su padre; mas, piadosas
las deidades este día,
  ofreciéndome tu vista,
quieren en tí consolar
la pérdida y el pesar,
que es imposible resista
  Constancio, si a saber viene
que le ha quebrado su espejo
a Fortuna, y por ser viejo
la muerte su fin previene.
  Tú, pues, dichoso pastor,
que con su imagen heredas
su imperio, para que puedas
dar principio a tu valor,
  si quieres en lugar de él
transformarte en Constantino,
el cielo a ofrecerte vino
el siempre augusto laurel.
PELORO: No pierdas esta ventura,
que por lo que interesamos
de ella palabra te damos
de hacerla los tres segura.
MELIPO: Constantino--que ya quiero

de aqueste modo llamarte--
procura determinarte.
Deja ese traje grosero,
   que aquí del César traemos
con que serás transformado
o igual, no traslado.
MINGO: ¿Pullas en casa tenemos?
   ¡Voto al sol, gente ruin,
que si la honda desato,
doy dos silbos al hato
y hago venir al mastín,
   que el dimuño os trajo acá!
CLORO: Basta la burla, señores;
ved que somos labradores,
y no se sufren acá.
CLODIO: Para que la verdad creas,
que por tu dicha te trato,
en este sutil retrato
quiero que tu imagen veas,
   y con ella a Constantino,
que al sacro laurel te llama.
PELORO: Al atrevido la fama
ayuda.
CLORO: ¡Cielo divino!
   Parece que en el cristal
me miro de alguna fuente,
aunque en traje diferente
seda aquí y en mí sayal.
   (¿Qué hay que recelar, temor,   **Aparte**
si el cielo a cumplir empieza
del laurel que en mi cabeza
me gratuló emperador
   el pronóstico divino?
Crédito a mi dicha doy.)
Cloro he sido; ya no soy,
sino el César Constantino.
Dadme el retrato de Irene.
CLODIO: Éste es.
CLORO: ¡Qué hermosa pintura!
Cifrada aquí la hermosura

todos sus milagros tiene.
   Sólo de mis pensamientos,
que ya ejecutarlos trato,
puede ser este retrato
dueño hermoso. Atrevimientos,
   en vuestras alas sutiles
fundo mi imaginación
nobles mis intentos son,
si mis principios son viles.
   Vamos a Grecia, vasallos,
que aunque este apellido os doy,
vuestro amigo firme soy.
Haced prevenir caballos,
   y advertid que si el secreto
de este engaño descubrís,
aunque pastor me advertís,
ser Constantino os prometo
   en vengarme y castigaros.
Ya el verdadero murió,
y en mi pecho se infundió
su alma. Sabré premïaros
   y castigaros también.
Su alma el César me ofrece,
que en quien tanto se parece
por fuerza ha de hallarse bien.

PELORO: ¿Hay mudanza semejante?

MELIPO: ¿Hay más portentoso extremo?

CLODIO: ¡Vive el cielo que le temo!

PELORO: Yo tiemblo en verle delante.

CLORO: ¿Quieres venirte conmigo?

MINGO: ¿Que por que se pareció
al otro, Cloro salió
emperadero?

CLODIO: Sí, amigo.

MINGO: ¡Que nunca yo me parezca
a nadie!

CLORO: Acaba grosero.

MINGO: ¿No habrá otro emperadero
por ahí a quien merezca
parecerme?

MELIPO: Sí, a mi jumento,
        pues os parecéis los dos.
MINGO: Luego, parézcome a vos.
        Ir contigo, Cloro, intento.
CLORO: No soy Cloro desde aquí,
        Mingo, sino Constantino.
MINGO: Yo os lo llamaré si atino.
        Una vez me parecí
          a otro en tiempo crüel,
        porque a palos me molieron
        de noche, y luego dijeron,
        "perdone, que no era él."
CLORO: Dadme el caballo y vestido,
        y no pongamos en duda
        nuestra suerte, pues ayuda
        la Fortuna al atrevido.
CLODIO: A mucho nos atrevemos
        y temo...
PELORO: ¿Qué hay que temer?
CLODIO: Que nos vengan a deshacer
        aquéste, porque le hacemos.

Vanse todos. Salen MAXIMINO e IRENE

MAXMINO: Ya, Irene, se llegó el día
        en que el César sea tu esposo.
IRENE: Si de la inclinación mía
        el ánimo belicoso
        sabes que mi valor cría,
          ¿por qué tu rigor le enlaza
        en el yugo que embaraza
        la libertad y quietud?
        Manda tú a mi juventud
        que se ejercite en la caza;
          que del jabalí protervo
        el curso ligero siga
        con que mis gustos conservo;
        que el tigre sagaz persiga
        y alcance al tímido ciervo,

que en sus despojos celebre
triunfos, y el venablo quiebre
en el león arrogante,
ya con el noble elefante,
ya con la tímida liebre;
    y no me mandes que el gusto
pierda a mi edad el respeto,
que aunque es el tálamo justo,
no sabrá vivir sujeto
mi pecho libre y robusto.
MAXIMINO: Si a mi voluntad te allanas,
al César por dueño ganas,
de las romanas esferas.
Anda a caza, en vez de fieras,
de libertades humanas.
IRENE: No es, padre y señor, decente
el estado que me das
al valor que el alma siente.
MAXIMINO: Yo sé que mi gusto harás.
...................[-ente.]

Vase MAXIMINO

IRENE: La cerviz indomable del toro ata
con las coyundas de su yugo grave
el labrador, y brama, porque sabe
que su preciosa libertad maltrata.
    Al pájaro, que en plumas se dilata,
el cazador cautiva del süave
acento enamorado, y llora el ave,
aunque honren su prisión rejas de plata.
    No en los jardines la florida yerba
medra del modo que en el monte y prado,
patria y solar de su morada verde.
    Dichoso, libertad, el que os conserva,
pues es prisión el solio sublimado
de quien por reinos, vuestro reino pierde.

ISACIO: Hermosa prima, ¿qué haces
sola, si lo puede estar
quien se precia de llenar,
tiranizando las paces
    del Amor, como él atados
al carro de sus prisiones
encendidos corazones
con grillos de sus cuidados?
    ¡Ay, si mereciera yo
que te acordaras de mí!
IRENE: ¡Oh, Isacio! Como nací
libre, y el cielo me dio
    un alma de quien soy dueño,
por no ser pródiga y darla
a prisión, quiero gozarla.
Pensar que he de amar, es sueño.
    Hoy dicen que Constantino
a darme la mano viene
de esposo, como si Irene
al mismo Apolo divino
    sujetar imaginase
la preciosa libertad,
que en mí es única deidad,
sin que amor mi pecho abrase.
    ¡Viven los cielos, que adora
todo el humano poder,
que de Irene no ha de ser,
si no es Irene señora!
    Mal mi padre me conoce.
ISACIO: Con eso contento quedo.
Pues yo gozarte no puedo,
ninguno, Irene, te goce;
    que si tu desdén furioso
a cuantos te aman alcanza,
quedaré sin esperanza,
mas no quedaré quejoso.
IRENE: Verás, cuando el César venga,

         retratado en mí el desdén.
ISACIO: Mas vale tratarle bien,
         porque tu padre no tenga
            ocasión que a la impaciencia
         provoque, que es el poder
         rayo, y éste suele ser
         más daño en mas resistencia.
            Entretenlo con engaños
         ni le trates amorosa
         ni le mires desdeñosa,
         hasta que los desengaños
            le dispongan poco a poco,
         que un repentino rigor
         suele aumentar el amor,
         pues con furias crece el loco.
IRENE: No dices mal; y a fe, Isacio,
         que luce más con su opuesto
         el sol a la sombra expuesto.
         Desdeñaréle despacio,
            y por tu consejo sabio
         me guiaré en esta ocasión,
         forzando mi inclinación.
ISACIO: Fingiendo no ser, agravio,
            cuando llegue, encubre enojos;
         recíbele agradecida,
         ostenta risa fingida,
         dale a beber por los ojos
            ponzoña sabrosa y lenta,
         y engaña a tu padre así.
PAJE: Ya llega, señora, aquí
         el César.
IRENE: Mi pena aumenta.
            Pero ¿sabes qué he pensado?
         Que para que me aborrezca
         y en verme no se enternezca,
         encontrando a Amor armado,
            pensando hallarle desnudo,
         que en el marcial ejercicio
         me hallo ocupada.
ISACIO: Codicio

el daño que de eso dudo,
   porque de aquesta suerte
te halla bella y belicosa.
Si te amaba por esposa,
ha de adorarte por fuerte.
IRENE: En eso, primo, te engañas.
El amante que es prudente
no busca dama valiente.
Al hombre ilustran hazañas,
   y a la mujer, la hermosura,
los regalos, la afición,
la apacible condición,
las lágrimas y blandura.
   Tiernos les dieron los nombres,
porque con terneza amasen
y regaladas templasen
la condición de los nombres;
   que el ejercicio marcial
es violento en la mujer,
como en la nieve el arder,
derretirse el pedernal,
   y acobardarse el león.
Y la que así no lo hiciere,
es señal que usurpar quiere
la preeminencia al varón.
   Yo sé que si Constantino,
en vez de amorosa, armada
me ve, a la guerra inclinada,
que por el mismo camino
   que en mi amor tierno se abrasa,
primo, me ha de aborrecer,
porque no pueden caber
dos hombres en una casa.
ISACIO: Tu divina discreción
es igual a tu hermosura.
Que te aborrezca procura.
Ejecuta esa invención
   en que estriba mi esperanza,
dando alas a mi deseo.
IRENE: Quiero ensayar un torneo.

Sácame, Isacio, una lanza,
  mientras la espada me ciño,
para que el César, amante,
de verme armada se espante;
que Amor teme, porque es niño
ISACIO: De las que en esta armería
hay, es ésta la mejor
IRENE: Haz tocar un atambor.
ISACIO: Miedo me das, prima mía.
  De la guarda de palacio
hay una aquí.
IRENE: Toque, pues.
Aquésta la entrada es
del torneo. Advierte Isacio

Hace la entrada del torneo con gallardía.
Tocan chirimías. Salen CLORO, vestido de príncipe,
MELIPO, PELORO, CLODIO, MAXIMINO y MINGO

MAXIMINO: Aquí aguarda a vuestra alteza
la Princesa, agradecida
a vuestro amor y venida;
mas ¿qué es esto?
CLORO: A su belleza
añade la fortaleza,
como a mi amor, nuevas alas.
Las armas entre las galas
parecen en ella bien
para que juntas estén
tierna, Venus; fuerte, Palas.
MAXIMINO: Su inclinación belicosa
me asombra. Sepa que estamos
aquí.
CLORO: Eso no. Suspendamos
en su hermosura animosa
la vista y alma dichosa
en este ejercicio un poco.
(¡Vive el cielo, que estoy loco! **Aparte**
¡Ay, griega del alma hermosa!)

**IRENE** habla aparte con **ISACIO**

IRENE: ¿Qué te parece?
ISACIO: El extremo
    de la gracia y la destreza.
    Aunque adoro a tu belleza,
    tu valor y ánimo temo.
CLORO: (¡Por Júpiter, que me quemo **Aparte**
    entre su armado rigor
    de inmortal y tierno amor!
MINGO: (¡Válgate Dios por muchacha! **Aparte**
    Si eres hembra, o eres macha
    no casarte es lo mejor.)
IRENE: Saca la espada y verás
    cuán bien los golpes ensayo.
ISACIO: En tus manos será rayo.
    Cinco se dan, y no más.

**Danse los cinco golpes de espada, tocando dentro**

IRENE: Retírate el paso atrás.
CLORO: Basta, hechizo de esta tierra,
    o celo que el sol encierra,
    que para alcanzar la palma
    y rendir, princesa, un alma,
    no es menester tan la guerra.
MAXIMINO: Tu esposo es, Irene mía
IRENE: ¡Oh, gran Señor! ¿Vos aquí?
    Ya las armas os rendí.
    Mejor el alma diría.
    (¡Qué apacible gallardía!) **Aparte**
CLORO: Dichoso, divina Irene,
    quien a ver y a gozar viene
    tal belleza, tal valor,
    pues en vos, Marte y Amor
    rayos vibra y llamas tiene.

MELIPO: Clodio, ¿es éste aquel villano
      que hijo de un monte fue?
CLODIO: Mejor, Melipo, diré
      que es Constantíno romano.
PELORO: ¿No adviertes que cortesano
      la gravedad imperial
      representa?
CLODIO: A su sayal
      desmiente con la presencia,
      que también hay elocuencia
      en las almas natural.

MINGO: (¡Válgame el diablo por Cloro!   **Aparte**
      Verá lo que decir sabe.
      ¡Qué quillotrado está y grave!
CLORO: De suerte, Irene, os adoro,
      que a la divina beldad
      de ese simulacro rico
      esperanzas sacrifico,
      sin creer que hay más deidad
      que vos, señora, en el cielo.
IRENE: Y yo, que en veros y hablaros
      tengo en poco compararos
      al claro señor de Delo.
      No adoro yo a Dios ninguno,
      sino a vos; y si dichosa
      merezco ser vuestra esposa,
      no tendré envidia de Juno,
      pues en vos tengo presente
      de Júpiter el valor.
ISACIO: (Bien finge tenerle amor.)   **Aparte**

IRENE: Va bueno?
ISACIO: Divinamente.

CLORO: Si yo, princesa, lo fuera,
            nunca mas me transformara
            otros cielos os crïara;
            otro mundo os ofreciera,
               que uno para vos es poco.
IRENE: Si yo pudiera mostrar
            la ventaja que en amar
            hago a todas...
CLORO: ¡Estoy loco!
IRENE: Ni Cartago honrara a Elisa,
            como a Penélope Grecia,
            ni Roma honrara a Lucrecia,
            ni hubiera en Caria Artemisa.
               Pero hipérboles refreno,
            pues más que ellos os estimo

Aparte a ISACIO

               ¿No hago buen amante primo
ISACIO: Bravo.
IRENE: ¿Va bueno?
ISACIO: Rebueno.
CLORO: En fin, me amáis?
IRENE: Como a dueño.
CLORO: Vos sois mi sol.
IRENE: Vos mí esposo.
CLORO: Vivo en vos.
IRENE: Yo en vos reposo.
CLORO: ¿Si me olvidáis?
IRENE: Eso es sueño.
CLORO: En gloria estoy.
IRENE: Mi mal calma.
CLORO: ¡Gran suerte!
IRENE: ¡Bien soberano!
CLORO: Dadme, mi bien, esa mano.
IRENE: Y con ella, esposo, el alma.

ISACIO habla aparte con IRENE

ISACIO: ¿La mano, tirana, das?
            Pues, ¿cómo le has dado el sí?
IRENE: Burléme, jugué y perdí.
            No he podido, primo, más.

FIN DEL ACTO PRIMERO

ACTO SECUNDO

Salen CONSTANCIO, viejo emperador, con luto,
ANDRONIO y otros, un PAJE

ANDRONIO: En este desierto fue
    la tragedia, gran señor,
    que provocó su valor.
    Aquí muerto le dejé,
      y huyendo los foragidos
    cuando se certificaron
    ser César el que mataron
    temerosos si atrevidos,
      de tu enojo y su castigo.
    Llegué a esta pequeña aldea,
    que en llantos su amor emplea;
    llevé pastores conmigo
      torné el cadáver difunto,
    y habiéndole embalsamado
    le dejé depositado,
    partiéndome al mismo punto
      a darte la nueva triste
    que certifican tus ojos
    en sus funestos despojos.
CONSTANCIO: Muerte con ella me diste.
      ¡Ay, parca fiera e ingrata!
    ¿por qué ofendes tu decoro?
    ¿Juventud despojas de oro?
    ¿Vejez reservas de plata?
      Vieran mis años prolijos
    tu rigor ejecutado
    en este padre cansado;
    conservárase en sus hijos
      mi memoria; y la grandeza,
    que ya mi esperanza pierde,
    floreciera en abril verde

su joven naturaleza,
   y dieras final enero
de la vejez que ya lloro.
Cobraste el tributo en oro.
Menospreciaste el acero.
   Traedme el cuerpo y veré,
mientras llanto le apercibo,
muerto el gusto, el dolor vivo.
Segunda vez le daré
   el ser, si el dolor informa,
como el alma al cuerpo frío.
Alma llora. El llanto mío,
¿podrá darle vida y forma?
ANDRONIO: Ya con fúnebre aparato
   le traen.
CONSTANCIO: ¡Ay, cielo!, ¡ay rigor!
   cortaste un árbol en flor,
de la belleza retrato;
   dejaste un tronco con vida.
¡Elección bárbara y ciega!
huye a quien te llama, y ruega
al que te huye apercibida.
   Muriera el César romano
entre armados escuadrones,
dando vida a sus blasones,
ya conquistando al britano,
   o ya oponiéndose al persa,
ganando con pompas reales,
ya cívicas, ya murales,
glorias de fama diversa.
   Ya cegando cavas hondas,
ya muros altos midiendo,
porque imitara muriendo
la fama de Epaminondas;
   pero, ¡entre unos bandoleros,
porque de una misma suerte
den a tu fama la muerte
como a tu vida! ¡Qué fieros
   te son los hados! ¡Qué esquiva
la Fortuna, que envidió

tu suerte, y no permitió
dejar tu memoria viva!
PAJE: El príncipe Constantino
viene ya.
CONSTANCIO: Ya sé que viene,
por mi mal; ya sé que tiene
determinado el camino,
   Su vista a mis años largos,
infeliz, porque en mi espejo
quebrado miré este viejo
fines de un principio, amargos.
   ¿Por qué prolijo me adviertes
pena que yo llego a ver?
Mi alma no ha menester
que a pedradas la despiertes.

*Tocan cajas destempladas y trompetas roncas. Sacan
   enlutados un ataúd y banderas negras arrastrando*

   Con otro recibimiento,
hijo, os aguardaba yo.
En túmulo se trocó
vuestra boda y mi contento.
Con vos, el tiempo avariento
pagó el curso acostumbrado
a la muerte, juez airado
que, ya grave, ya ligera,
dando a otros pleitos de espera,
de vos cobra adelantado.
   Descubríme el rostro triste,
retrato de lo que fue;
en él mi muerte veré,
si en él mi vida consiste.
Vaso que el licor tuviste
de un alma que ya en su ocaso
se puso y con leve paso
voló a eterno señorío,
bien parece que vacío
no tiene valor el vaso.

¡Qué hermoso que te vi yo!
Pero eres vaso de tierra.
Bañó la vida que encierra
el alma que te informó;
como el baño se acabó,
la tierra te desengaña,
pues de su color te baña,
y el alma de ti se aleja,
como el pastor cuando deja
despoblada la cabaña.

Pero, ¿qué muestras son éstas
de triunfos y glorias reales,
mezclando vivas señales
entre memorias funestas?
¿Yo lágrimas y ellos fiestas?

*Salen CLORO, del mismo modo que CONSTANTINO,
MAXIMINO, IRENE, ISACIO, MINGO, CLODIO, PELORO y
MELIPO*

CLODIO: Muestra, Cloro, tu valor
             aquí; no como pastor,
             como el César verdadero
             te trata, porque así espero
             verte presto emperador.
CLORO: Clodio, vuestro desatino
             hasta agora os ha engañado;
             que soy Cloro habéis pensado,
             siendo el César Constantino.
MELIPO: ¿Cómo?
CLORO: Por Jove divino,
               si injurias el noble ser
             que me vino a engrandecer,
             que a costa de vuestras vidas
             experimente perdidas

las fuerzas de mi poder.
　　Si más Cloro me llamáis,
lloraréis vuestro fin hoy.
Constantino el César soy,
y mi padre el que miráis
PELORO:　　Melipo, Clodio, ¿escucháis
　　la arrogancia del villano?
Como le dimos la mano,
por eso nos da del pie.
MINGO:　　Con más miedo vengo, a fe,
　　que vergüenza.
MELIPO:　　　　¿Hay tal tirano?
CLORO:　　Vuestra sacra majestad
　　me dé los pies.
CONSTANCIO:　　　¡Cielo santo!
　　¿Qué es esto?
CLORO:　　　　Y al bello encanto
　　de esta divina beldad,
los brazos.
CONSTANCIO:　　　¡Alma, dejad
　　sueños si es que estáis durmiendo!
MAXIMINO:　　Mi fortuna engrandeciendo
　　ampara el cielo divino,
pues a Irene y Constantino
ha enlazado.
CONSTANCIO:　　　¿Qué estoy viendo?

MAXIMINO:　　Dad a Maximino agora
　　los brazos, que alegre viene
a ofreceros con Irene
el ave que Arabia adora
CONSTANCIO:　Si la desdicha que llora
　　este trágico suceso,
y tiene el sentido preso
en la cárcel del pesar,
no me ha venido a engañar,
yo estoy soñando sin seso.
　　Andronio, si estoy despierto,
libra mi imaginación
de esta extraña confusión.

¿Qué es esto?
ANDRONIO: Señor, lo cierto
es que Constantino muerto
en este bosque quedó.
CONSTANCIO: Pitágoras afirmó
que las almas que dejaban
un cuerpo, se trasladaban
a otros, y no mintió.
    Sí, a creer me determino
lo que alegra mi esperanza,
que el amor, que es semejanza,
apoya este desatino.
El alma de Constantino
buscó un cuerpo semejante
al primero, en que, constante,
sus espíritus reciba,
dándome la imagen viva
del muerto que está delante.
    El corazón dividido
en dos mitades agora,
cuando un hijo muerto llora,
vivo un hijo ha recibido.
Luto por el que ha perdido
fuerza el dolor a traer;
fiestas hacen suspender
el pensar que en verle calma.
Dos contrarios en un alma
me obligan a suspender.
    Pésames tristes recibo
del hijo que muerto veo,
plácemes dan al deseo
contento del mismo vivo.
Lágrimas aquí apercibo,
brazos aquí dar consiento,
y en los extremos que siento,
cuando la verdad ignoro,
en un mismo tiempo lloro
de pesar y de contento.
    Si al efecto natural
hago juez en esta prueba

y la sangre siempre lleva
el alma a su original,
con amor y gusto igual
por entrambos dos suspira;
este fuerza, estotro tira
el corazón a sus brazos,
y hecha entre los dos pedazos
dividiéndose se admira.
    ¿Vióse jamás tal portento,
juntos los bienes. y males,
y por una causa iguales
la tristeza y el contento,
perplejo el entendimiento,
la voluntad sin saber
lo que en tal caso ha de hacer,
y que en un mismo lugar
den lágrimas de pesar
las lágrimas de¡ placer?
    Ahora bien; la semejanza
que tal vez Naturaleza
en fe de su sutileza
forma para su alabanza,
de tan extraña mudanza
pudo ser sutil autora.
Averigüemos agora
en mi provecho o mi daño
si es ésta verdad o engaño,
mientras el alma lo ignora.
    ¿Quién es aqueste pastor?
MINGO: Yo, señor, soy un salvaje,
testigo, persona y traje,
que en fe de mi buen humor
me trae el emperador
Constantino en su servicio,
y aunque servirle codicio,
nunca de traje he mudado,
que aunque tosco, siempre he dado
en que es liviandad o vicio.
CONSTANCIO: ¿Sabes tú quién es ese hombre?
que afirma que mi hijo es?

MINGO: No le he dejado después
              que le pusieron el nombre
CONSTANCIO: Aunque este encanto me asombre,
              la simple rusticidad
              de éste dará claridad
              a esta extraña maravilla,
              que siempre en alma sencilla
              se aposenta la verdad.
IRENE: ¿No sabremos, gran Señor,
              qué confusión te divierte,
              que en luto el gozo convierte
              de nuestra vista el dolor?
MAXIMINO: Nuestro único sucesor
              es éste, César romano.
              Dejad el pesar tirano.
CLORO: ¿Qué es esto?
CONSTANCIO: Estoy sin acuerdo,
              llorando el hijo que pierdo,
              gozando el hijo que gano.

A MINGO

              Ven acá, pastor.
MINGO: Aquí
              el miedo el alma embaraza.
CONSTANCIO: ¿Quién es el que se disfraza,
              sin serlo, en mi hijo así;
MINGO: Yo, señor, ni lo comí,
              ni lo bebí. De un pastor
              viene todo mi valor.
              Verdad es que en la cocina
              di a la mula la gallina,
              y la cebada al doctor.
CLODIO: (Éste nos ha de causar   **Aparte**
              la muerte por descubrirnos.)
MINGO: A no venir a decirnos
              que habíamos de reinar
              éstos....Yo de mi lugar
              alcalde he sido...no fui,

sino porque rico...y así...
diz que éste se pareció
Diga, ¿parézcome yo
a ningún hombre de aquí?
CONSTANCIO: ¡Villano, viven los cielos!
Si no dices la verdad,
que han de ahorcarte.
MINGO: ¿Hay crueldad
como ésta? Descubrirélos.
¿Para mí han de ser los duelos
y para otros la ventura?
CONSTANCIO: ¿Quién es éste que procura
usurpar ajena fama?
MINGO: Aquéste Cloro se llama.
MELIPO: ¿Qué dices?
MINGO: La verdad pura.
        Dijeron aquestos tres
que en el talle y el semblante
parecía a un imperante,
príncipe, o diablo, o lo que es;
vistiéronle así después,
llamáronle jamestad
lleváronle a una ciudad,
casóse con esta moza,
como marido la goza,
y esta es la pura verdad.
MAXIMINO: ¿Qué es esto, traidor fingido?
¿tú a Irene has engañado?
PELORO: Buen fin la Fortuna ha dado
al ardid que hemos fingido.
CONSTANCIO: ¡Matad aqueste atrevido!
CLORO: No me dejo matar yo.
Lo que la suerte me dio
eso pienso defender.
El César tengo de ser,
que el cielo me lo llamó.
IRENE: Y yo, que te llamo dueño
y como esposo te adoro,
ya seas príncipe, ya Cloro,
ya hombre ilustre, ya pequeño,

puesto que parezca sueño
lo que miro y me divierte
tu adversa y próspera suerte,
seguiré siempre a tu lado.
CONSTANCIO: ¿Qué es aquesto, cielo airado?
¡Matadle, dadle la muerte.

ELENA: Invicto César augusto,
a quien todo el mundo llama
Constancio, en fe de que el nombre
conforma con tu constancia,
suspende el justo rigor
que da filos a tu espada,
ocasiones a tu enojo
y, a nuevos misterios causa.
Yo soy Elena, que un tiempo
llamaste dueño del alma,
blanco de tu ciego amor
y objeto de tu esperanza.
No te acordarás de mí,
que el olvido y la mudanza
andan con la posesión,
de la ingratitud hermana.
Amásteme siendo César,
y puesto que no te iguala
mi valor en la nobleza,
reyes tuvo mi prosapia.
Persuasiones amorosas
derribaron la muralla
de mi noble resistencia;
dísteme mano y palabra
de esposo, y en pago de ella
te di yo dentro del alma
el absoluto dominio
que funda su imperio en llamas.
Un hijo, que es el que ves,

hizo nudo las lazadas
de mi amor y tu firmeza;
mas como el tiempo desata
obligaciones de bronce,
milagros de su mudanza
pervirtieron tu memoria,
dieron principio a mis ansias.
Tu padre, el emperador,
te casó en Roma, quebrada
la palabra que me diste,
mas ¿qué príncipe la guarda?
Temí el valor de mi padre,
que, intentando la venganza
de mi injuria y de su afrenta,
quiso hacer de mis entrañas
túmulo al hijo que de ellas
salir a luz deseaba, para
enseñar con tu olvido
mi agravio y tu semejanza.
Víneme huyendo a estos montes
su rigor y mis desgracias
depositando el secreto
eñ en sus peñas intrincadas.
En aquesta aldea, en fin,
vuelta pastora de infanta,
vio el sol el triunfo amoroso
en quien tu valor retratas.
Constantino le llamé
el Magno, aumentando el agua
mis lágrimas de sus fuentes,
que murmuran tu mudanza.
Supe después que tenías
otro Constantino, causa
de nuevas penas en mí
y nuevas desconfianzas.
Jurarle hiciste por César,
y con distinta crïanza
los dos, de un principio efectos
y de un mismo tronco ramas,
él entre palacios ricos,

éste entre humildes cabañas,
púrpuras aquél vistiendo
y éste humildes antiparas,
juego del tiempo y Fortuna
fueron, que montes abaja
y valles, tal vez, sublima
ciega, en fin, mudable y varia.
Treinta veces pobló enero
aquestos prados de escarcha,
y de acanto y madreselva
los vistió el mayo otras tantas,
que crecieron igualmente
tus hijos y mis desgracias;
ése, César; pastor, éste;
tú, mudable yo, olvidada,
cuando, muriendo tu esposa
--si puedo con razón darla
este nombre siendo yo
en tu amor legitimada--
a casarse con Irene,
princesa hermosa del Asia,
e hija de Maximino,
a Constantino enviabas;
y en fin, para dar lugar
a mi perdida esperanza,
recuerdos a tu memoria
y castigo a tus mudanzas,
quiso el cielo y la Fortuna
que en estos montes quedara
muerto el César, porque puedas,
cumplir leyes y palabras.
Constantino el Magno, que es
el que tus brazos aguarda,
y tu mayor heredero,
puesto que le decía el alma
quién era, y yo lo encubría,
humillando acciones altas
con memorias mentirosas,
tan humildes, cuanto falsas,
llamáronle Cloro entonces,

y afrentado que montañas
ocultasen su valor,
que aspira a cosas más altas,
dio crédito a persuasiones
de aquestos que le acompañan,
resucitando del muerto
la dicha y la semejanza.
Si lo que por ti he pasado,
si el darte, invicto monarca
vivo un hijo por un muerto,
en quien tu dicha restauras;
si el ser yo tu esposa,
en fin, merece que satisfagas
deudas que el tiempo atestigua
y el cielo piadoso ampara
cumple noble y, generoso;
si no en oro, paga en plata,
dando los brazos a Elena
y a Constantino las plantas.

CONSTANCIO: ¡Oh, restauración querida
de mi fe y de mi contento!
Fénix, de quien nacer siento
a nuevas glorias mi vida,
agraviada y perseguida,
lloro tu olvido y mi pena,
mas pues la Fortuna ordena
la ventura que en ti fundo,
hoy ha de adorar el mundo
por su emperatriz a Elena.
    Dame esos brazos constantes
y Constantino que en ellos
poseerá con poseellos
lauros de Roma triunfantes.
Cesen lágrimas amantes
de un hijo muerto, pues vino
por caso tan peregrino
otro vivo a ver mi amor.
De un Constantino el dolor
remedie otro Constantino.

            Dadme vos también, Irene,
            brazos de padre, y de hermano
            vuestra alteza.
MAXIMINO: En ellos gano
            dichas que callar conviene.
IRENE: Si tan buen suceso tiene
            tu desgracia, esposo mío,
            ya de tus venturas fío
            triunfos con que al mundo asombres
            y con inmortales nombres
            dilaten tu señorío.
CLORO: Para coronar tu frente
            la esfera del Sol quisiera
            poseer, porque en su esfera
            te adore todo el Oriente.
CONSTANCIO: Magencio intenta al presente
            arrogante y rebelado
            contra el imperio sagrado,
            gozar el lauro de Roma.
            César eres, monstruos doma
            que la ambición ha sacado.
               Y todas mis escuadrones;
            por su señor te obedezcan.
            Cerca a Roma, y permanezcan
            en sus muros tus pendones.
            Empieza a ganar blasones
            que te den nombre divino.
CLORO: A eso, señor, me inclino.
CONSTANCIO: Diga el aplauso feliz,
            viva Elena, Emperatriz.
TODOS: ¡Viva Elena, Emperatriz!
CONSTANCIO: ¡Viva el César Constantino!
TODOS: ¡Viva el César Constantino!

Vanse todos con música. Sale LISINIO, de
Capitán con jineta, y SOLDADOS

LISINIO: A Constantino, de la patria amigo,
            defiendo contra el bárbaro Magencio;

el hijo de Constancio, su enemigo,
por legítimo César reverencio.
Siga al tirano Roma, que yo sigo
a quien gobierna al mundo, y al silencio
de la lengua remito en noble alarde
las obras, no palabras de cobarde.
SOLDADO 1:   Valeroso Lisinio, tus hazañas
te han dado justamente la jineta,
que en la tirana sangre honras y bañas,
digna que nuevas honras te prometa.
Pastor fuiste, entre rústicas montañas
crïado; si un laurel fue tu profeta
y el imperio te ofrece, como dices,
tiempo es de que te ilustres y eternices.
    Constancio, emperador, a Roma viene
contra Magencio, y el amor divino,
que acreditadas tus victorias tiene,
al heroico renombre abre camino;
casado con la griega y bella Irene
le sigue el invencible Constantino.
Si tu pecho y hazañas reconoces
tu fama hará que su privanza goces.
SOLDADO 2:   Vámosle a dar, Lisinio valeroso,
la obediencia debida que le ofreces;
como sea de tu pecho belicoso
el premio que en su ejército mereces.
SOLDADO 1:   Constancio, agradecida y generoso,
si en las victorias como en dicha creces,
de tu lealtad ofrecerá a tu fama
coronas de laurel, de roble y grama.
SOLDADO 2:   ¡Muera Magencio, capitán romano!
¡Constantino y Constancio, eternos vivan¡
LISINIO: Vámosle a ver, y sellaré en su mano
labios leales, que su amor reciban.
Ampárese entre muros el tirano,
que célebres hazañas los derriban.
A Constantino mi valor inclino.
TODOS: ¡Viva Constancio! ¡Viva Constantino!

Vanse todos. Salen ELENA, IRENE, CONSTANTINO,

CLORO: Éste es el Babel del mundo,
que encerrando siete riscos
entre agujas y obeliscos,
no reconoce segundo.
    Roma es ésta, en fin; extremo
de la Real ostentación;
lastimosa emulación
de los dos, Rómulo y Remo.
    Y siendo imperial cabeza
de cuanto mira el aurora,
si os tiene a vos por señora,
honrando en vuestra cabeza
    el laurel que ya os previene
¿quién duda que en más estime
desde hoy su imperio sublime
pues le honran los pies de Irene?
IRENE: Veaos yo su emperador,
vencido el loco Magencio,
que yo sólo reverencio,
Constantino, vuestro amor,
    sin que del laurel los lazos
deseo a mí gusto den,
mientras en mi cuello estén
coronándole esos brazos.
ELENA: Ocasión hay en que puedas
mostrar que heredas, romano,
las hazañas de tu hermano,
como el imperio le heredas.
    Constantino el Magno, el Grande,
todo el imperio te llama;
grandes hazañas la fama
te pide para que ande
    el valor con el blasón
igual; la ocasión te obliga
a que el nombre no desdiga
de tus hechos y opinión.

¡Magencio, en Roma seguro
se ampara, y triunfa ya de él,
que no corona el laurel
a quien no corona el muro
    de victoriosas banderas
que planten manos gallardas.
A su vista estás, ¿qué aguardas?
Roma es aquésta, ¿qué esperas?
    Conquístela tu valor,
que en Roma tu imperio fundo.
No serás señor del mundo,
si en Roma no eres señor.
    Mientras con triunfo solene
en Roma tu nombre afames,
ni de Elena hijo te llames,
ni ilustre esposo de Irene.

CLORO: Que eres mi madre negara
y la sangre que te debo,
si con ánimo tan nuevo
tu valor no me obligara.
    Hoy, madre, verás que de él
soy legítimo heredero.
Morirá el tirano fiero,
que si es cobarde, es crüel,
    que ensangrentando sus manos
en inocentes se infama,
la que Magencio derrama
de los humildes cristianos
    anima mi corazón
a que vengallos intente.
No sé que tiene esta gente,
que me roba el corazón
    Cosas en ellas he visto
de más que humano poder.
A Magencio he de vencer
con la ayuda de su Cristo.

IRENE: ¿Qué dices? ¿A un hombre alabas
muerto en cruz, y en él esperas?
¿A los dioses vituperas
cuando de imperar acabas?

¿A un ajusticiado estimas,
que en un pesebre nació,
a Egipto de un Rey huyó,
y con su favor te animas
  cuando en un tosco madero
no se pudo a sí librar?
Dioses en quien esperar
tiene tu imperial acero;
  Júpiter rayos fulmina,
que cíclopes sicilianos
forjados dan a sus manos
llenos de furia divina;
  Marte, en sangre humana
tinto, contra tu elección se enoja,
y lanzas de fuego arroja
reinando en el cielo quinto.
  ¿No hay una Palas que invoques,
un Apolo, cuyas flechas,
Pitones, sierpes deshechas,
a darte favor provoques?
  ¿A un hombre muerto y desnudo
pides que te ayude?

CLORO: Espera.
IRENE: Quien habla de esa manera
mal tener esfuerzo pudo.
  Haz con él en Roma alarde
del triunfo que darte intenta,
y quien los dioses afrenta
nunca ser mi esposo aguarde.

Vase IRENE

CLORO: ¿Hay caso más peregrino?
Escucha, espera, mi bien,
que me abrasa tu desdén,
bella Irene.
VOZ: ¡Constantino!   **Dentro**
CLORO: ¡Cielo! ¿Quién me llama ansí?
VOZ: ¡Constantino!   **Dentro**

CLORO: Dulce voz,
      que con discurso veloz
      triunfas amorosa en mí;
           ¿qué me quieres?
VOZ: ¡Constantino!   **Dentro**
CLORO: Ya te escucho y reverencio.
VOZ: Hoy vencerás a Magencio,   **Dentro**
      si el estandarte divino
        llevas, que al cielo da luz,
      y es símbolo de la fe.
CLORO: ¿Con qué señal venceré?

Cantan dentro

VOCES: *Con la señal de la Cruz.*
ELENA: ¿Hay música más süave?
CLORO: ¿Hay cosa más celestial?
      Pues me das esta señal,
      el mismo cielo te alabe.
        A mis tinieblas des luz,
      pues en ti he de merecer
      triunfar en Roma y vencer.

Cantan dentro

VOCES: *Por la señal de la Cruz.*

*Pasa por el aire una cruz; suena música y
        dice CLORO arrodillándose*

      Si por esa señal venzo,
      ¿qué es lo que temo cobarde?
      Haga aquí mi esfuerzo alarde;
      que hoy a adorarte comienzo.
ELENA: Hijo, el ciclo es en tu ayuda.
      Por la señal vencerás
      de la Cruz. No esperes más.

CLORO: Al arma confusa duda.

Entran algunos CRISTIANOS en escena

      ¿Qué es esto?
CRISTIANO 1:   Danos los pies.
CLORO: ¿Quién sois? ¿Qué queréis de mí?
CRISTIANO 1: Cristianos, que sólo en ti
    esperan, señor, después
     que Magencio, vil tirano
    de Roma, donde se encierra,
    conjurado nos destierra,
    porque con nombre cristiano
     ilustrados nos ha visto.
CLORO: Basta ese divino nombre
    para que el mundo se asombre.
    Yo también adoro a Cristo.
     Seguid en su nombre santo
    mis banderas; suyo soy;
    por él he de vencer hoy
    y dar a Magencio espanto.
CRISTIANO 1:   Todos los que aquí venimos,
    en su nombre te ofrecemos
    que al tirano venceremos
    y en este papel pusimos
     nuestras firmas de ofrecerte
    diez cabezas cada uno
    de los contrarios.
CRISTIANO 2:   Ninguno
    teme, gran señor, la muerte.
CLORO: ¡Oh, valor, sólo cristiano!
    De quien sois, dais testimonio.
    General eres, Andronio;
    mi estandarte, honre tu mano.
     Deja águilas imperiales,
    que idólatras prendas son,
    la cruz en su lugar pon
    pues vencen estas señales.
ANDRONIO: Yo no puedo derogar

la antigüedad del imperio,
ni con ese vituperio
a Júpiter provocar.
   Suyas las águilas son
que Roma ilustre enarbola.
Con esta bandera sola
daré nombre a mi opinión
   volando hasta las estrellas;
otro a honrar la cruz comience,
y veremos hoy quien vence,
ella, o mis águilas bellas.

CRISTIANO 1:   ¡Oh, bárbaro! Yo me encargo
                de alcanzar del mismo Marte
                victoria, si el estandarte
                de la cruz está a mi cargo.
CLORO: Llévala, pues; saca a luz
                de Dios en ella el poder,
                que a Magencio he de vencer
                por la señal de la cruz.

Vanse los CRISTIANOS. Sale LISINIO

LISINIO: Gran señor...(¡Válgame el cielo! **Aparte**
                ¿no tengo a Cloro delante?
CLORO: (¡Cielo! si no es que me espante   **Aparte**
                lo que mirando recelo.
                   ¿No es éste Lisinio?)
LISINIO: (Él es;   **Aparte**
                pero tan presto un pastor
                puede ser emperador?)
CLORO: ¿Qué quieres?
LISINIO: Dame esos pies,
                   y en tus banderas recibe
                un capitán que se inclina
                a tu fama peregrina,

y animoso te apercibe
    a Roma donde has de entrar,
a pesar de su tirano,
hoy con triunfo soberano.
CLORO: (Lisinio es. ¿Qué hay que dudar?) **Aparte**
LISINIO: (Cloro es éste, o estoy loco.) **Aparte**
CLORO: (La verdad he de saber.   **Aparte**
No sabe Lisinio leer;
así su esfuerzo provoco.)

A LISINIO

Yo estimo vuestro valor;
por mi capitán os nombro...
LISINIO: (¡Cielos! ¿Quién vio tal asombro?)   **Aparte**
CLORO: ...y porque podáis mejor
con hechos extraordinarios
vencer la envidia y olvido,
agora me han prometido
de los bárbaros contrarios
    darme cuarenta cabezas
cuatro soldados valientes.
Si a sus hechos excelentes
comparáis vuestras grandezas,
    en este papel firmados
sus nobles nombres están,
Imitadlos, capitán,
pues lo sois, y ellos soldados.
    Firmad aquí.
LISINIO: (¡Vive el cielo! **Aparte**
Que es Cloro, y me ha conocido.
Nunca a leer he aprendido;
mi afrenta noble recelo.
    Decir que leer no sé,
es decir que no soy hombre
pues ¿de qué suerte, mi nombre
aquí, cielos, firmaré?)
CLORO: ¿Qué dudáis?
LISINIO: De firmar dudo,

porque no es bien que presuma
que firme hazañas la pluma,
sino el acero desnudo.
   Cien cabezas de enemigos
ofroceré a tu laurel;
las piezas de este papel

Rómpele

sean de aquesto testigos,
   y la que tengo en la cinta.
Cumplirán aquesa suma,
siendo mi espada la pluma
y siendo sangre la tinta.
   Por eso rompo las firmas
de todos, porque yo sólo
he de cumplir por Apolo
su promesa.

Vase LISINIO

CLORO: Bien confirmas
   tu valor y atrevimiento
digno de Lisinio fiel.
Él es; no mintió el laurel.
Yo cumpliré el juramento.
   César ha de ser conmigo
que así cumple mi valor
palabras de emperador
y premia un heroico amigo.
   ¡Al arma nobles romanos!
¡Triunfad de Roma valientes!
¡Coronas ciñan las frentes,
que os rindan estos tiranos!
   ¡Salga vuestro esfuerzo a luz!
TODOS: ¡Arma! ¡Arma!
        Roma ha de ver
que sabe la fe vencer

por la señal de la cruz.

MINGO: He aquí a Mingo que es soldado
              sin haber tenido potra;
              ni estar quebrado quillotra
              el miedo con que vo armado.
                 ¿Mas que tiene de llover
              esta fiesta sobre mí?
              Del escuadrón me escurrí.
              ¿Dónde me podré esconder?
VOCES: ¡Al arma! ¡al arma!   **Dentro**
MINGO: La grita
              que anima a otros y alborota,
              me va helando cada gota
              de sangre. ¡Oh, mi paz bendita!
                 ¿Cuánto mejor me estuviera
              yo agora junto al hogar,
              viendo la sartén chillar!

SOLDADO 1:   ¡Viva Constantino!
SOLDADO 2:   ¡Muera!
MINGO: Si estos encuentran conmigo,
              y preguntan de quien soy,
              ¿qué diré? ¡Al infierno doy
              la guerra!
SOLDADO 1:   ¿Quién va allá?
MING0:   Amigo.
SOLDADO 1:   ¿Quién vive?
MINGO: Magencio viva
              por siempre jamás, amén.
SOLDADO 1:   ¡Ah, traidor!

Dale

MINGO: ¿No dije bien?
              Aquí me han de volver criba
                 que no pueda acertar yo
              en cosa alguna!
SOLDADO 1:   Villano,
              viva el César soberano
              Constantino.
MINGO: ¿Por qué no?
              Viva más que una madrastra.
              Siempre su campo seguí.
SOLDADO 1:   Pues dilo, cobarde, así.

Vanse los SOLDADOS

MINGO: Mi muerte el cordel arrastra.
              ¡Ay, cuál tengo las costillas!

Salen otros dos SOLDADOS

              Otros vienen ¿de qué parte
              serán?
SOLDADO 3:   Hoy ayuda Marte
              con divinas maravillas
              a Magencio.
SOLDADO 4:   El cielo ordena
              darle el laurel que apercibe.
SOLDADO 3:   ¿Quién va?
MINGO: Ya no voy.
SOLDADO 3:   ¿Quién vive
MINGO: ¡Dios me la depare buena!
              (Éstos son de Constantino.) **Aparte**
              Constantino, emperador,
              viva más que un tundidor.
SOLDADO 3:   ¡Oh, perro!

Dándole

MINGO: ¡Nunca adivino!
          Téngase, seor soldado,
          la espada, que reverencio...
SOLDADO 3:   Pues ¿quién vive?
MINGO: ¿Quién? Magencio,
          que es el hombre más honrado
          que el licor de Baco bebe.

SOLDADO 3:   ¿De Constantino sois vos?
MINGO: ¿Yo?
SOLDADO 3:   Sí.
MINGO: Mas que plegue a Dios,
          señor, que el diablo le lleve.
SOLDADO 3:   El combate anda encendido,
          a la batalla acudamos.

Vanse los SOLDADOS

MINGO: Buenos, costillas andamos.
          ¡Gentil adivino he sido!

Salen otros dos SOLDADOS

          Otros salen: ¿qué diré?
SOLDADO 1:   Los caballos nos han muerto.
SOLDADO 2:   ¿Quién va?
MINGO: Si esta vez no acierto,
          volaréis, alma, a la fe.
SOLDADO 2:   ¿Quién vive?
MING0:   Todo viviente.
          Vive un perro, un elefante;
          vive un cuñado, un amante;
          vive...
SOLDADO 2:   Mátale.
MINGO: Detente.

SOLDADO 2:   ¿Quién vive de aquestos dos,
o Magencio o Constantino?
MING0:   Viven ambos, si convino
con la bendición de Dios.
SOLDADO 1:   Dale, que aquéste es neutral.

MINGO: ¡Ah, señores!
SOLDADO 1:   ¡Oh, villano!

Vanse los SOLDADOS

Malo soy para gitano.
¿Vio el mundo desdicha igual?
  Si vuelvo por Constantino,
con los de Magencio doy;
si digo que él viva, estoy
con estotro; si me inclino
  a entrambos también me pegan.
Amparadme, cueva, vos,
que ya vienen otros dos,
y han de acabarme si llegan.
  Si de aquí vengo a escapar
con vida, y pasa la guerra,
he de poner en mi tierra
escuela de adivinar.

***Éntrase en la cueva. Sale LISINIO con dos o
tres cabezas, un estandarte y una espada***

LISINIO: Con estas cabezas tengo
cincuenta, y le prometí
ciento a Constantino. Aquí,
mientras a cumplirlas vengo,
  guardádmelas, cueva, vos.
Por las demás volveré.

Échalas dentro de la cueva,
y da con ellas a MINGO

MINGO: ¡Ay, que me ha muerto!
LISINIO: ¿No fue
          voz humana aquesta?
MINGO: ¡Ay, Dios,
               que aunque me esconda y encueve
          no ha de faltar quien me asombre!
          ¡Ay, de mí!
LISINIO: ¿Quién eres, hombre?
MINGO: Soy el demonio que os lleve.
LISINIO: ¿Quién eres?
MINGO: ¡Qué malas hadas
          hoy me persiguen!
LISINIO: ¿Quién eres?
MINGO: Un hombre o lo que quisieres
          que hoy has muerto a cabezadas.
LISINIO: ¿Es Mingo?
MINGO: ¿Quién diablo os dijo
          mi nombre?
LISINIO: Lisinio soy.
MINGO: Mas...no... nada... Tal estoy
          que no os conozco. Colijo
               que sois Lisinio el pastor.
LISINIO: Y del César, capitán.
MINGO: ¿Vestido de tafetán?
          Mas, si es Cloro, emperador,
               ¿de qué me admiro y espanto?
LISINIO: ¡Ah, cobarde!
MINGO: Estó confuso,
          y al fin soy valiente al uso.
          Todo aquesto es por encanto.
LISINIO: No temas; vente conmigo,
          que Constantino venció.
MINGO: Mas, ¡arre allá!
LISINIO: Ya quedó
          muerto el tirano enemigo.

61/100

MINGO: El parabién le vó a dar.
LISINIO: ¡Buen valor en ti se emplea!
MINGO: Pondré, si llego a mi aldea,
              escuela de adivinar.

Vanse los dos. Salen CONSTANCIO, CLORO, ELENA,
IRENE, y SOLDADOS

CLORO: Yo, cruz divina, os prometo
              buscar en vos nuestro bien,
              y dentro en Jerusalén,
              aunque os encubra el secreto
                del idólatra y hebreo,
              no descansar hasta hallaros,
              y desde hoy entronizaros
              por el más noble trofeo
                que conserva la memoria.
              Sólo al soberano Dios,
              que fue el sacrificio en vos,
              atribuyo esta victoria.
IRENE: ¡Ingrato a los dioses pagas
              la ventura que hoy te han dado!
              Un hombre crucificado,
              por más que le satisfagas,
                no pudo victoria darte;
              Júpiter sí, que es Dios sólo
              con sus rayos de oro, Apolo,
              y con sus rigores Marte.
                No busques prendas infames
              de un patibulo afrentoso,
              o deja de ser mi esposo,
              y tuya más no me llames.
ELENA: Hijo, Cristo es el eterno;
              quien no le adora se ofusca.
              La cruz soberana busca,
              noble asombro del infierno.
                Vamos a Jerusalén.
IRENE: Si niegas la adoración
              de los dioses, tu afición

mintió. No me quieres bien.
ELENA: Por Dios se ha de dejar todo.
IRENE: No imagines que he de amarte,
si a Apolo dejas y a Marte.
ELENA: Paga con heroico modo
aquesta victoria a Cristo.
Busca su cruz soberana.
IRENE: No sigas la ley cristiana
que firme ves que resisto,
ELENA: Ingrato eres si la dejas.
IRENE: A mi amor eres ingrato
si la sigues. Poblar trato
el aire de justas quejas,
si menosprecias mi amor
por un madero insensible.
CLORO: ¿Vióse aprieto más terrible?
¿Vióse confusión mayor?
IRENE: Yo sé que me antepondrás
a Cristo, si bien me quieres.
ELENA: Augusto por la cruz eres;
¿por qué a buscarla no vas?
CLORO: ¿Qué haré en duda tan esquiva,
que tan perplejo me tiene?
Amo a Cristo; estimo a Irene;
mas ¿qué importa? ¡Cristo viva!
Su cruz vamos a buscar.
IRENE: Oprobio de Emperadores,
que la ley de tus mayores
quieres, bárbaro, dejar.
No esperes que el vituperio
de tu vil intención siga;
ya es Irene tu enemiga;
yo te quitaré el imperio;
en odio mi amor trocado;
que yo no he de ser mujer
de un hombre que da poder
de Dios a un crucificado.

Vase IRENE

CLORO:	Espera, el paso reporta;
muda el bárbaro consejo:
mas, si por la cruz te dejo
en que murió Dios, ¿qué importa?

*Sale ANDRONIO, atravesado por una flecha, y
empuñando la bandera de las águilas*

ANDRONIO:	Las águilas imperiales
en que idólatra adoré
los dioses con mala fe,
postro a tus plantas reales.
   Herido de muerte estoy,
que Júpiter, torpe y vano,
no me defendió, tirano;
que no es Dios diré desde hoy.
   Perezca su ley lasciva.
Apelo a un Dios verdadero.
En la ley de Cristo muero,
Constantino, ¡Cristo viva!

*Vase. Sale un CRISTIANO con la bandera
de la cruz*

CRISTIANO:	El estandarte divino
que al Dios humano enarbola
y con su sangre acrisola,
ha vencido, Constantino.
   A su victoriosa mano
tus victorias atribuye,
pues tus contrarios destruye.
CLORO:	¡Oh, valeroso cristiano!
   Mi alférez eres mayor.
Pisen águilas romanas,
ciegas, bárbaras y vanas,
los pies de un emperador;
   adórnese mi corona

con la Cruz, que es nuestro amparo.
Honre desde hoy mi labaro,
y autorice mi persona,
    ley divina. Aunque lo estorbe
el infierno a su pesar,
os he de hacer adorar
desde aquí por todo el orbe.

Salen LISINIO con el estandarte y cabezas y
MINGO

LISINIO: Cien cabezas prometí
de los enemigos darte.
Cincuenta aqueste estandarte
vale, que te ofrezco aquí;
    otras cincuenta te doy,
con que cumplo mi promesa.
MINGO: Y la mía en esta empresa
te presento, que a fe que hoy,
    según son las cabezadas
que la han dado, si las cuentas,
que vale más de trecientas.
No más guerra y cuchilladas.
    A mi aldea he de tornarme.
CLORO: Lisinio, de tu valor
has dado muestra mejor
que imaginé. A presentarme
    vienes hazañas, que intento
premiar. Pues que las trujiste,
tu juramento cumpliste.
Cumpliré mi juramento.
    La mitad juré de darte
del imperio, si mi suerte
me le daba. Hoy has de verte
Augusto. Goza la parte
    que justamente te toca.
Vasallos, Lisinio es
César.
LISINIO: Deja que en tus pies

selle, gran señor, mi boca.
CLORO: Pero has de jurar primero
    dos cosas.
LISINIO: Si de ellas gustas,
    claro está que serán justas.
    Propónlas.
CLORO: Que jures, quiero
    no perseguir los cristianos,
    sino honrarlos y querellos,
    pues tengo mi dicha en ellos.
LISINIO: Yo lo prometo en tus manos.
CLORO: Has de jurar, lo segundo,
    no levantarte jamás
    contra mí.
LISINIO: No me verás,
    aunque se alborote el mundo,
     con falso y villano trato
    y torpe conjuración,
    hacerte jamás traición,
    que eso fuera serte ingrato.
     Yo lo juro, gran señor,
    en tus imperiales manos.
CLORO: ¡Viva Lisinio, romanos!
TODOS: ¡Viva por Emperador!
CLORO: Alza; y vos, madre y señora,
    venid conmigo a buscar
    la Cruz que he de entronizar
    en cuanto cine el aurora.
     Prevenga Jerusalén
    triunfos a la Cruz divina.
ELENA: Dios tu corazón inclina.
    Monarca cristiano, ven.
MING0:   Yo y todo tus pasos sigo.
    Cristiano, aunque aporreado,
    soy desde hoy, y no soldado.
    La guerra y golpes maldigo.
CLORO: Bautizará a Constantino
    de Roma el sacro pastor.
MINGO: Y a mí y todo, aunque mejor
    me bautizará con vino.

CLORO: El madero soberano
            busquemos, que a amar me obliga
            su señal, y el campo diga,
            Lisinio, César romano.
TODOS: ¡Lisinio, César romano!

FIN DEL ACTO SEGUNDO

ACTO TERCERO

Salen IRENE e ISACIO

IRENE: ¿A un villano, a un Lisinio la corona
de Roma? Mas ¿qué mucho, si es villano,
que autorice su misma semejanza?
El monarca romano
los dioses deja, y bárbaro pregona
a Cristo, del hebreo vil venganza.
No verá su esperanza,
Constantino, cumplida
mientras a Irene el alma diese vida.
Isacio ya el amor se ha convertido
en lícito rigor, en odio justo.
¡Plegue al cielo, si más le amare Irene,
que cautive mi gusto
un alarbe crüel, y que querida,
me aborrezca y dé celos! No conviene
que con triunfo solene
por César le reciba
Roma, ni que la ley de Cristo siga.

ISACIO: Murió Constancio, y con la viuda Elena
partió a Jerusalén, supersticioso,
a buscar el madero, que castigo
dio a un hombre sedicioso.
¡Justa y debida pena
de un hombre que a su patria fue enemigo!

IRENE: Búsquela, que conmigo
en odio se convierte
el amor, que aspirando va a su muerte.
Isacio, de tu amor y fe constante
obligada, pretendo, en premio justo,
darte el alma rendida con la mano
si das muerte al Augusto,
que, ciego e ignorante,

los dioses niega, el nombre honra cristiano.
ISACIO: Por bien tan soberano
diera muerte, no sólo
a Constantino--a Júpiter y a Apolo.
IRENE: Lisinio es éste que el gobierno goza
de Roma, mientras halla Constantino
la cruz que estima y su valor infama.
ISACIO: Si halláramos camino,
pues nuestra ley destroza
el loco emperador que a Cristo llama,
para engañar a este hombre,
Roma me diera de su imperio el nombre.
Finge que, si contra él fiero se conspira,
serás su esposa, le darás la mano,
que tu hermosura más que aquesto alcanza,
y el bárbaro villano
si en tu beldad se mira,
rendirá su lealtad a su esperanza,
y dándonos venganza,
matando a Constantino,
serás mi esposa.
IRENE: ¡Ingenio peregrino!
Apruebo tu consejo. Éste, atrevido,
por sus hazañas, con valor extraño,
alcanzó el trono augusto y opulento.
Si con amor le engaño,
verá Roma cumplido
mi nuevo amor y justo pensamiento,
y el matador violento
pagará su delito.
IRENE: Él viene.
ISACIO: Mi venganza solicito

Sale LISINIO, de emperador

LISINIO: (Mucho a Constantino debo.   **Aparte**
Emperador soy por él;
cumplió el presagio el laurel,
propicio a mis dichas Febo.

          Pero esto de compañía
reinando me da tristeza.
Sólo pide una cabeza
el nombre de monarquía;
          luego, no seré monarca
mientras que reinemos dos.
Un sol solo, siendo Dios,
la esfera del cielo abarca;
          un planeta sólo tiene
cada cielo, y es mayor
que la tierra.)
IRENE: ¡Gran señor!
LISINIO: ¡Oh, hermosa y divina Irene!
IRENE: ¿De que viene pensativo
vuestra alteza?
LISINIO: El gobernar
consigo tiene el pesar,
por ser su peso excesivo.
          Hame puesto mi ventura
en lo que no sé si acierto,
pero luego me divierto
en viendo vuestra hermosura.
          Y ojalá que Constantino
su posesión no gozara,
que, nuevo Ícaro volara
a vuestro cielo divino,
          puesto que a su imitación
soberbio como él cayera,
pues muriendo, al fin pudiera
honrar mi imaginación.
          La que yo, Lisinio, tengo
al presente, es olvidar
a quien pretende injuriar
la ley que a defender vengo;
          que el culto que reverencio
de los dioses, han trocado
en odio mi amor pasado.
Venció el César a Magencio
          con el favor soberano
de Júpiter, y en su ofensa,

Constantino ensalzar piensa
la ley y nombre cristiano.
    Y mal por dueño tendrá
mi alma al que en desacato
del cielo, es a Jove ingrato;
pues conmigo lo será
    quien a despreciarlos viene;
y así, aquél que los vengare
y a Constantino matare,
vendrá a ser dueño de Irene.
    Si no es encarecimiento
el amor que me mostráis,
y imperar sólo intentáis
--que lo demás es tormento--
    vengad este vituperio,
siendo de esta causa juez,
y ganaréis de una vez
mi voluntad y el imperio.
    ¿Qué dices?
LISINIO: Que dificulto
tan árdua empresa.
ISACIO: El amparo
de los dioses está claro
por vos, si en fe de su culto,
    castigáis este tirano.
El reinar sin compañía
es la mayor monarquía.
Mi prima os dará la mano
    y la posesión de Oriente,
si nuestra fe defendéis.
LISINIO: Grande premio me ofrecéis;
gran peligro es el presente;
    pero de dos grandes cosas
se ha de escoger la mayor.
El imperio y vuestro amor
hazañas dificultosas
    merecen; mas pues escucho
el bien a que me provoco,
nunca mucho costó poco.
Si mucho pedís, dais mucho.

            Juré al César Constantino
        no perseguir los cristianos,
        ni con intentos tiranos
        abrir ingrato camino
            contra él, de traición ni guerra;
        mas de los dioses el celo
        pueden más, pues en el cielo
        reinan, cuando él en la tierra.
            No puedo yo ser traidor,
        si su ley quiero amparar.
        El amor y el imperar
        no admiten competidor.
            Amor y imperio me espera,
        y pues nuestra ley derriba,
        el amor de Irene viva,
        y el tirano César muera
IRENE: Dame esos brazos, valor
        de Roma, que dignamente
        honra en su lauro tu frente
        y en tus méritos mi amor.
            que desde hoy, Irene es tuya.
ISACIO: Llámate restauración
        de su ley nuestra nación.
        Constantino se destruya.
            Reine Lisinio, no más,
        en el mundo y en Irene.
LISINIO: Trazar el cómo, conviene.
IRENE: En Roma por él estás.
            Disfrazados y encubiertos
        a Jerusalén partamos,
        y en ejecucion pongamos
        deseos que saldrán ciertos,
            pues los dioses nos amparan;
        que encubiertos y fingidos,
        antes de ser conocidos
        de los que a Cristo declaran
            por Dios, podremos matarle.
        Y en fe que el alma te adora,
        Yo he de ser ejecutora
        de esta hazaña. Yo he de darle

          la muerte; que mi rigor
          muestro cuando en él me vengo;
          que en más a los dioses tengo
          y su culto, que mi amor.
LISINIO: Alto, pues. Haga el efeto
          lo que la lengua propone.
          Mi juramento perdone,
          y ampárenos el secreto.
             Goce yo el globo del mundo
          y el laurel que adora Apolo,
          imperando en Roma sólo,
          siendo Rómulo segundo,
             y la belleza de Irene
          disculpe aquesta traición.
IRENE: Mis brazos, en galardón,
          la voluntad te previene,
             con mi venganza cumplida
LISINIO: Presto muerto lo verás.
ISACIO: (Y tú después pagarás   **Aparte**
          este insulto con la vida.

Vanse todos. Salen JUDAS, viejo, LEVÍ y
ZABULÓN, judíos

JUDAS: ¡No pasó nuestra nación
               desde Vespasiano y Tito
               tal persecución, Leví.
LEVÍ: No tuvieron los judíos
               tal desdicha, tantas plagas,
               aunque cuente las de Egipto.
ZABULÓN: Ni Nabucodonosor,
               monarca de los asirios,
               ni las de Antioco fiero,
               como las de Constantino.
JUDAS: ¡Que se haya un emperador
               aficionado de Cristo
               de tal suerte! ¡Que defienda
               con tanto amor el bautismo,
               y que la cruz nos demande,

y si no la descubrimos,
a muerte vil nos condene,
a tormentos y martirios!
TODOS.   ¡Guayas! ¡Guayas de nosotros!
JUDAS: Su madre le ha persuadido
que a tormentos nos la saque.
Para aquesto Elena vino.
LEVÍ: Pues el comisario fiero
que ha nombrado por ministro
y ejecutor de este caso...
ZABULÓN: ¿Ni dádivas ni suspiros
son bastantes a ablandalle?
JUDAS: ¡Que un bárbaro, que un indigno
de ser hombre nos persiga
¿Vióse más crüel castigo?
LEVÍ: ¡Que un hombre tan ignorante
nos tenga tan oprimidos!
JUDAS: Si no le damos la cruz,
si no decimos el sitio
donde de nuestros pasados
estar oculta supimos,
este bárbaro feroz
ayer, colérico, dijo,
que nos había de azotar
y pringarnos con tocino.
TODOS: ¡Guayas! ¡Guayas de nosotros!
ZABULÓN: ¡Que a este punto haya venido
nuestra mísera nación!
LEVÍ: Éste es.
JUDAS: De verle me aflijo.

Sale MING0, vestido de comisario graciosamente, con
ropa de levantar y gorrilla

MINGO: ¿Qué hay, hermanos narigones?
¡Loado sea Jesucristo!
Respondan todos, "amén"
de rodillas y de hocicos.
¿Callan? Respondan "amén,"

o habrá latigazo fino.
Digan "amén," Judiotes.
JUDÍOS: "Amén," humildes decimos.
MINGO: ¿Cómo les va de cosecha
aqueste año de tocino?
¿Ha habido mucho solomo?
¿Qué chicharrones, han frito?
JUDÍOS: Prohíbelo nuestra ley.
MINGO: Pues yo no se los prohibo.
Coman conmigo mañana,
que a salchichas los convido.

Paséase muy grave y habla a JUDAS

¿Cómo os llamáis voa?
JUDAS: Señor,
Judas es el nombre mío.
MINGO: ¿Judas el Iscariote,
de aquel saúco racimo?
¿Cómo no tenéis las barbas
rubias ¡eh! Judas maldito?
Enrubiáoslas, noramala,
o mudáos el apellido.
JUDAS: Señor, estoy cano y viejo.
MINGO: ¿Estáis viejo? Pues teñíos,
y andaréis al uso nuevo,
aunque en los años, antiguo.

A LEVÍ

¿Qué narices son aquéstas?
LEVÍ: ¿Cómo han de ser?
MINGO: ¡Oh, qué lindo!
No son éstas de la marca,
hermanos, de los judíos.
Esas son narices romas
y hidalgas.
ZABULÓN: ¡Señor!

MINGO: ¡Pasito!
          Sabéis que es el comisario
          de vuestras narices, Mingo.
          Quítense ésas luego, luego.
          so pena de un romadizo
          por dos años y dos meses,
          y miren que ya me indigno.
          Pónganse otras de dos gemes.
JUDAS: ¿Hay más torpe desvarío?
MINGO: Con narices garrafales
          tienen de andar. ¡Vive Cristo!
ZABULÓN: ¡Señor!
MINGO: Esto se ha de hacer.
          No replique.
ZABULÓN: No replico.
MINGO: ¿Con naricicas me vienen
          enanas?
JUDAS: ¡Ay, cielo impío!
MINGO: ¿Qué hace la sinagoga?
          ¿Cómo va de sabatismo?
          ¿Su Mesías cuándo llega?
          ¿Viene en mula o en pollino?
JUDAS: No profanes nuestra ley.
MINGO: Como es lejos el camino,
          si viene a pie, quedaráse
          en algún mesón dormido.
          ¿No dan orden que parezca
          la cruz?
ZABULÓN: Si no hemos sabido
          dónde está, ¿qué hemos de hacer?
MINGO: Luego, ¿búrlanse conmigo?
          Pues los *judicame Deus*
          adviertan lo que les digo;
          que si la cruz no parece
          el sábado o el domingo,
          ha de crïar en su casa
          un lechón cada judío,
          y con regalo y amor
          tratarle como a sí mismo.
JUDAS: ¿Lechón? Nuestra ley lo veda.

MINGO: Vede o no, yo soy ministro,
            y han de hacer lo que les mando.
            No repliquen.
JUDAS: No replico.
MINGO: A fe de archicomisario,
            si no callan y me indigno,
            que he de mandar que en la cola
            besen
JUDAS: ¿A quién?
MING0:   A un cochino.
            Han de acostarle en sus camas,
            ya esté puerco, ya esté limpio,
            y darle la delantera,
            que es lugar de los maridos.
ZABULÓN: Señor, no permitas tal.
JUDAS: Señor, humildes pedimos
            que interceda por nosotros
            el oro de este bolsillo.
            Cien escudos hay cabales.
MINGO: Soy ministro; no recibo.
            Pero ¿no sois Judas vos?

Apárale en la manga

JUDAS: Éste es, señor, mi apellido.
MINGO: ¿Cómo os atrevéis a dar
            cien escudos, fementido?
            Si fueran treinta dineros,
            fuera el número cumplido
            en que vendisteis a Dios.
JUDAS: (¡Que así nos trate, Dios mío, **Aparte**
            un villano, un ignorante!)
MINGO: Oigan lo que mando y digo.
            Pongan en todas sus puertas,
            para honrar sus frontispicios,
            cada uno una cruz.
TODOS: ¡Señor!.
MINGO: No repliquen.
JUDAS: No replico.

MINGO: ¡Por vida del comisario!
        voy a recoger bolsillos
        por todos los judaizantes.
        Parezca la cruz de Cristo,
        o si no, de los lechones
        serán ayos.
TODOS: ¡Señor mío!
MINGO: (Desde aquí quiero escuchar   **Aparte**
        lo que tratan, escondido,
        y si murmuran de mí,
        yo haré que sueñen a Mingo.

    Escóndese MINGO, y se va al poco rato,
            cuando se indique

ZABULÓN: ¿Fuese?
JUDAS: Sí.
ZABULÓN: ¿Que hemos de hacer
        si azotados y oprimidos,
        por no parecer la cruz
        nos da muerte Constantino?
JUDAS: Enterráronla en un monte
        nuestros pasados y antiguos,
        diciéndonos el lugar,
        el cual, de padres a hijos
        sabemos por tradición;
        pero muertes ni peligros
        no nos tienen de obligar
        a descubrilla.
MINGO: (¡Oh, qué lindo!   **Aparte**
        ¡Vive Dios! que es de provecho
        mi cauteloso escondrijo.
        La verdad voy apurando.
        Sacaréla presto en impío.)
ZABULÓN: Pues ¿cómo nos libraremos
        de la muerte y el castigo
        que nos está amenazando?
JUDAS: Escuchad aqueste arbitrio.
        Labremos luego otra cruz,
        pues es de noche, de pino,
        y enterrándola, diremos

que es en la que murió Cristo.
ZABULÓN: ¡Linda traza!
LEVÍ: ¡Bravo enredo!
MINGO: (Si no estuviera escondido   **Aparte**
              el lobo tras las ovejas,
              pegáranla, ¡vive Cristo!
              ¿Cruz fingida? ¡Narigones!
              A Elena voy a decirlo,
              y con el hurto en las manos
              los hemos de coger vivos.)
JUDAS: Zabulón, trae un candil.
MINGO: (¡Qué propia luz de judíos!)   **Aparte**
JUDAS: Ve, Leví, por la madera;
              trae la azuela y el cepillo.
ZABULÓN: Vamos.
MINGO: (Vayan, norabuena,   **Aparte**
              que yo me escurro pasito
              para que Elena los coja
              como babos en garlito...)

Vase MINGO

JUDAS: ¿Cuándo tienes de venir,
              Mesías santo y divino,
              y librar tu pueblo triste
              de tanto daño y peligro?
ZABULÓN: Estos son los instrumentos:
              luz, escoplos y martillo.

*Sacan un candil encendido, y unos maderos para
              hacer la cruz, y herramienta*

JUDAS: Alumbrad, pues, y daré
              a nuestro engaño principio.
LEVÍ: La cruz en que nuestra gente
              hizo heroico sacrificio
              de aquel hombre galileo,
              que adora el mundo por Cristo,

dicen que de cedro fue,
y haciéndola tú de pino,
dudarán de esta verdad
los cristianos atrevidos.
JUDAS:　　　Eso está dudoso agora,
altercado entre ellos mismos
con diversas opiniones
y pareceres distintos,
Leví, sobre esa materia.
Unos dicen que se hizo
del árbol en que pecó
Adán en el paraíso,
porque desterrado de él,
un ramo llevó consigo
de aquella planta, que fue,
nuestra pena y su castigo;
y plantándole lloroso
en este monte divino,
donde Salomón después
hizo el templo ilustre y rico.
Creció, emulación del cielo,
y por extraño prodigio
nació una fuente del tronco,
de quien a formarse vino
la saludable piscina,
que de dolores distintos,
al movimiento del ángel,
sanó tantos afligidos.
Hizo Salomón cortarle,
por ser estorbo del sitio
que eligió, sabio y discreto,
para el célebre edificio;
y enamorado de verle,
aplicarle al templo quiso
para artesón de su techo,
que asombró al arte corinto.
Labráronle codiciosos.,
y ya compuesto y pulido
procuraron aplicarle
en el pavimento rico;

pero por misterio oculto,
ya siendo grande, ya chico,
desmintiendo arquitectores,
nunca a la fábrica vino.
Por lo cual desesperados,
juzgándole por indigno
e inútil del templo santo,
mandaron que por castigo
en la piscina le echasen.
Hundióse, pero nacido
el Nazareno que adoran
los cristianos enemigos
sobre las aguas salió.
ZABULÓN: ¡Misterio jamás oido!
JUDAS: Y sacándole de allí,
le echaron en un camino.
por donde corre en cristales
el Cedrón, arroyo limpio,
puesto que tal vez crecientes
le dan ambición de río.
Sirvió en él de puente y paso,
hasta que por sus delitos
a muerte de cruz sentencia
el pretor romano a Cristo,
que por ver que era pesado,
decretaron los judíos
que dél se hiciese la cruz,
como en fin, a hacerse vino.
Murió en ella, y los cristianos
supersticiosos han dicho
que es digno de adoración,
haciéndole sacrificios.
Escondiéronle por esto
nuestros padres, y escondido
por tradición nos dejaron
donde estaba. Constantino,
que a Cristo manda adorar
con generales edictos
con tormentos nos compele
a dársela.

ZABULÓN: Yo no afirmo
          eso de aquesos milagros,
          aunque así lo hayan escrito
          los cristianos hechiceros.
LEVÍ: Ni yo; solamente digo
          que con la fingida cruz
          que labráis, a Constantino
          engañamos pues dichosos
          de tantos males salimos.

**Los dichos han estado trabajando en la cruz y salen
ELENA, MINGO y gente**

MINGO: Ésta es la pura verdad,
          y agora lo puedes ver.
ELENA: ¿Qué hacéis aquí?
JUDAS: La crueldad
          y desdicha debe ser
          de nuestra infelicidad.
ZABULÓN: ¡Guayas de mí! ¿Qué diremos?
ELENA.   ¿Qué hacéis aquí?
JUDAS: Gran señora,
          del comisario tenemos
          expreso mandato agora
          que si la cruz no ponemos
            sobre las puertas de casa,
          nos ha de mandar quemar,
          que por saber lo que pasa
          la queríamos labrar.
MINGO: Buena excusa!
LEVÍ: ¡Ay, suerte escasa!
MINGO: ¡Chilindrinas para Elena!
          Judíos, todo lo sabe,
          y daros la muerte ordena,
          porque a vuestra culpa grave
          iguale también la pena.
            Por ocultar la cruz santa
          que buscas, labrar querían
          ésta, que va los espanta,

y enterándola decían
que por ser la instancia tanta,
   decir que es la verdadera
ésta que ahora labraban,
y con aquesta quimera
librarse de ti intentaban.
.... [-era]
   Escondido, desde aquí
esta traición escuché.
ELENA: ¿Traidores, esto es así?
JUDAS: Lo que te he contado fue.
MINGO: No es sino lo que yo oí.
   Mándalos a puros tratos
de cuerda que el sitio digan
de la cruz, cuyos retratos
labran.
LEVÍ: ¡Que nos persigan
tanto los cielos ingratos!
ELENA: Decid dónde está el madero
dónde el eterno Abrahán
sacrificó al verdadero
Isaac, y el dedo de Juan
nos mostró el tierno cordero,
LEVÍ: Señora, a tener noticia
de él, huyéramos sin duda
el temor de tu justicia;
el rigor en piedad muda
MINGO: Que la esconden de malicia,
   señora.
ELENA: ¡Oh, infame gente,
incrédula y contumaz!
¡Vive el Rey omnipotente,
que restauró nuestra paz
y en la cruz murió obediente;
   que os he de quitar la vida
a tormentos! Vayan presos.
MINGO: Garrucha hay apercibida,
judíos, mas no confesos,
nones dicen.
JUDAS: Bien perdida

              será, pues tú lo dispones,
              gran señora
ELENA: Andad, ingratos.
MINGO: Yo, judíos socarrones,
              os daré a pares los tratos
              mientras dijéredes nones.

Vase MINGO con los judíos. Sale CLORO

CLORO: ¿Qué es esto, madre y señora?
ELENA: Diligencias, hijo mío,
              son de la cruz, en quien fío
              que tengo de hallarla agora.
                 Tormento tengo de dar
              a cuantos hebreos hallare
              mientras la tierra ocultare
              de Dios el divino altar
                 en que se pagó a sí mismo,
              y en cuya ara misteriosa
              halló la iglesia, su esposa,
              su fuente y nuestro bautismo.

CLORO: Palma divina, regalado cedro
              del fruto más sabroso y más süave
              que la tierra gozó; nido del ave
              del cielo, y no de Arabia, por quien medro.
ELENA: Restauración de Adán, cuyo desmedro
              originó la culpa al hombre grave;
              árbol mayor de la divina nave
              que Andrés requiebra, que gobierna Pedro.
CLORO: Merezca hallaros yo, laurel divino.
ELENA: Alivie vuestro hallazgo nuestra pena.
CLORO: Enriqueced a Elena y Constantino.
ELENA: Sin vos no hay bien.
CLORO: Sin vos no hay suerte buena.
ELENA: Llave del cielo sois. Abrid camino.
CLORO: Constantino os adora.
ELENA: Y busca Elena.

Sale MINGO

MINGO: Ellos dirán la verdad,
gran señora, aunque les pese.
CLORO: Escuchad; ¿qué traje es ese?
MINGO: Digno de mi autoridad.
     Comisario soy, señor,
de toda la judiada
que la cruz tiene ocultada.
CLORO: ¿Quién te la dio?
MINGO: Mi valor.
     Si indicios he descubierto
de la cruz que oculta está
y tu madre sabe ya,
¿parécete desconcierto
  que comisario me nombre?
De ellos en oro he cobrado
salarios que no me has dado,
que no soy piedra, soy hombre,
  y he de comer.
CLORO: Basta, basta.
ELENA: Indicios tengo, hijo mío,
de hallar la cruz en quien fío.
MINGO: La gente es de mala casta,
  pero no seré yo Mingo,
o Jerusalén verá
si la cruz oculta está,
que con tocino los pringo.
CLORO: El cielo nos dé a los dos
tal ventura.
ELENA: ¡Ay, árbol santo!
¿Por qué nos dilatáis tanto
la dicha que estriba en vos?

Vase CLORO. MINGO trae a JUDAS, atado en una
garrucha

MINGO: Aquí está la guindaleta

85/100

y el delincuente.

ELENA: Colgadle
hasta que la verdad diga.

MINGO: Traidor, diréisla en el aire,
pues no queréis en la tierra.

JUDAS: ¡Ay, guayas de mí!

MINGO: Aunque guayes
más que cien niños de teta.

JUDAS: ¿Vos sois verdugo?
                              Y alcalde.
Confiesa, perro.

ELENA: Decid,
¿en qué lugar, cueva o parte
os dijeron que escondida
está la cruz, vuestros padres?

JUDAS: No sé nada. ¡Ay! No me ha dicho
cosa, mi señora, nadie,
que a saberlo, lo dijera.
¡Ay!

ELENA: Dadle otro trato; dadle.

MINGO: ¡Ah! Judas, como él colgado.
¡Ojalá que reventases
de la suerte que el primero!

JUDAS: ¡Ah! ¡sayón!

MINGO: ¡Ah! ¡Escriba infame!

ELENA: ¿Dónde está el ara divina,
deificada con la sangre
de mi Dios?

JUDAS: ¡Ay¡ No lo sé.

MINGO: Aunque más arrojes ayes
te tengo de columpiar.
Otra "qui volta" tiradle.

JUDAS: ¡Ay!

ELENA: Di la verdad.

JUDAS: Sí, haré.
Haz, señora, que me bajen.

Bájanlo

ELENA: ¿Dónde está la Cruz divina?
JUDAS: No sé, señora.
ELENA: Sí, sabes.
MINGO: ¡Oh! ¡Borracho! ¿Para aquesto
           pediste que te bajasen?
ELENA: Hebreo, di donde está,
           o mandaré que te maten
JUDAS: Si no lo sé, ¿cómo puedo
           decirlo, por más que mandes?
ELENA: Atormentadle otra vez.
MINGO: ¡Ah, de arriba! Columpiadme
           a este niño.
JUDAS: ¡Ay, que tormento!
ELENA: ¿Dónde está la cruz, que es llave
           del alcázar celestial?
JUDAS: ¡Ay! yo lo diré.
MINGO: En el aire,
           porque mientras no lo diga,
           no hay pensar que han de bajarle.
JUDAS: Enterrada está en un monte
           entre el Tigris y el Eufrates.
MINGO: Ya lo dijo.
ELENA: ¿Dónde?
MINGO: Dice
           que entre los tigres y frailes.
ELENA: Morirás en el tormento
           traidor, mientras no declares
           donde está mi amada prenda.
JUDAS: ¡Ay! La maldición te alcance
           de Sodoma y de Gomorra.
MINGO: ¡Oh! Rabino, al fin cobarde;
           ¿mi gorra, que culpa tiene,
           que la maldices?
JUDAS: ¡Ayudadme,
           Dios de Jacob, Dios de Isaac,
           Mesías santo!
MINGO: Aunque llames
           al menjüí y al ambar gris.
JUDAS: Haz señora, que me abajen,
           que yo la verdad diré.

ELENA: Bájenle pues, y matadle
            si donde está no confiesa.
JUDAS: ¡No es posible ya que calle,
            que me quebrantan los huesos
            y me atormentan las carnes.
            ¡Adios, secretos ocultos!
            ¡Dios de Israel, perdonadme!
            En el monte de Sión
            hicieron que se enterrase,
            los antiguos de mi ley,
            y q ue encima edificasen
            una casa deshonesta,
            donde mujeres infames
            con ganancia torpe y vil
            aquel lugar profanasen.
            Despés Adrïano César
            mandó poner una imagen
            o estatua suya, y que allí
            como deidad le adorasen.
            Mas, vamos, señora allá
            y donde dijere, caven,
            que yo sacaré la cruz,
            aunque mis deudos me maten.
ELENA: Vamos pues. ¡Ay, árbol mío!
            ¡nido santo de aquel ave,
            que es Fénix de nuestro amor,
            y en ti permitió abrasarse!
            Si merece mi ventura
            que venga, mi cruz, a hallarte,
            yo haré que de plata y oro
            un templo ilustre te labren,
            donde te adoren y estimen,
            y que el Monarca mas grave
            por timbre de su corona
            tu figura santa enlace.
            Avisen a Constantino,
            acudan sus capitanes,
            sus príncipes vengan todos,
            los sacerdotes se llamen.
            Instrumentos venturosos

traigan que la tierra aparten
que esta joya santa oculta,
digna de reverenciarse.
Yo os haré muchas mercedes
si esta joya viene a hallarse
por vos.
JUDAS: Yo la sacaré.
MINGO: Pues la verdad confesaste,
ya serás de hoy más confeso.
ELENA: ¡Ay, palma hermosa y süave!
JUDAS: ¡Ay, descoyuntados hüesos!
MINGO: ¡Ay, qué tocino he de darte!

Vanse todos. Sale CLORO y criados.
Siéntase en una silla con un retrato en la mano, y vanse
los criados
CLORO: Dejadme solo este rato,
ya que está ausente mi Irene,
si alma una pintura tiene,
hablaré con su retrato.
Similitud de un ingrato
pecho, que encendiendo el mío,
le provoca al desvarío
de un receloso desdén,
¿por qué, queriéndote bien
espero, si desconfío?
   ¿Es posible que el amor
de tu dueño fue fingido?
Pero sí, que tanto olvido
dimana de su rigor.
Porque de Cristo el favor
sigo, ¿es razón que me deje
Irene, y de mí se queje?
Si de veras me quisiera,
mi ley Irene siguiera;
pero no hay quien la aconseje.
   Los dioses falsos adora,
que es falsa su voluntad,
y en mujer la falsedad
siempre salió vencedora.

¡Quien verla pudiera agora!
Un sueño me inquieta en vano.
Dormir quiero. Amor tirano,
mi peligro conjeturo,
que no dormiré seguro,
con mi enemiga en la mano.

*Duérmese. Salen **IRENE, ISACIO** y **LISINIO**, de*
villanos

LISINIO: Entrado hemos en su tienda,
sin habernos conocido
nadie en el disfraz fingido
que nuestros pasos ofenda.
IRENE: Hoy la venganza encomienda
las armas a mi rigor;
mi agravio es ejecutor
pues viene a satisfacerme.
Pero ¿no es éste que duerme
el mudable emperador?
ISACIO: Él es, y los dioses altos
en fe que los ha ofendido,
te le dan, prima, dormido.
IRENE: (Amor todo es sobresaltos.   **Aparte**
Dentro el pecho, dando saltos
el corazón, inquieto anda.
Matarle el rigor me manda;
la voluntad no obedece,
pues si la ira la endurece,
con su presencia se ablanda.
   Pero venza la razón
y el desprecio de mi ley.)
LISINIO: ¿Qué aguardas?
IRENE: Si el gusto es ley,
monarcas mis celos son.
Cobrarán satisfacción
con su muerte. Amor, no hay más,
sujeto a mi agravio estás.
Satisfacerle colijo.

CLORO habla en sueños

CLORO: ¡Ay, Irene!
IRENE: (¿Irene dijo?   **Aparte**
          Pues vuélvome un paso atrás.
             Quien durmiendo sueña en mí,
          no me querrá mal despierto,
          ni es bien que yo llore muerto
          a quien vivo el alma di;
          mas, ¡muera!)
CLORO: ¡Qué! ¿Te perdí?
          Irene mía. ¿Qué? ¿Estás
          ausente? Mal pago das
          a quien el alma te dio.
IRENE: (¿Suya el César me llamó?   **Aparte**
          pues doy dos pasos atrás;
             que si por suya me tiene,
          traidor sera mi rigor
          si da muerte a su señor
          quien a darle el alma viene.
          Con el retrato de Irene
          dormido está cuando estoy
          para matarle. ¿Yo soy
          amante? ¿Hay tal desvarío?
          ¡Vos con el retrato mío!
          Dos mil pasos atrás doy.
             ¡Mal haya el primero, amén,
          que las armas inventó,
          si tengo de llorar yo
          por ellas el mayor bien!
          ¡Afuera, ingrato desdén!
          ¡Fuera, venganza atrevida!
          que quien ama tarde olvida,
          y si lo intenta, no acierta.)
          Despierta, César, despierta,
          que está en peligro tu vida.
CLORO: ¡Válgame la cruz sagrada!
          ¿Qué voz el cielo me envía?

    ¡Irene del alma mía!
IRENE: ¡Prenda por mi bien hallada!
   A matarte vine airada,
   pero ¿cuándo supo amor
   ejecutar el rigor
   en presencia del que adora?
   Contra esta mano traidora
   contra su esposo y señor
    Venga tu agravio en Irene.
CLORO: Si haré con aquestos brazos,
   que con amorosos lazos
   mi ventura se previene.
IRENE: Lisinio a matarte viene
   y Isacio, aunque el ser mi amante
   le disculpa.
CLORO: ¿Hay semejante
   traición? ¿hay atrevimiento
   igual?
LISINIO: ¡Oh, mujeres! ¡Viento
   en la inconstancia!
CLORO: Villano,
   ¿tú contra mi? ¿Tú, tirano?
   ¿Y el propuesto juramento?
LISINIO: El verte seguir a Cristo,
   de Irene las persuasiones,
   desleales ambiciones
   me obligan a lo que has visto.
CLORO: ¿Cómo mi enojo resisto?
ISACIO: A tus pies pido, señor,
   perdón, si basta el amor
   a disculpar mi delito.
IRENE: Si tu cólera limito,
   perdona a Isacio por mí.
CLORO: Yo le perdono por ti,
   que en todo, mi bien, te imito.
    Y a ti, Lisinio traidor,
   indigno de mi corona;
   que el que injurias no perdona,
   no se llame emperador.
LISINIO: Dame esos pies.

CLORO: Mi valor
          se venga de esta manera.
          Darte la muerte pudiera
          que piden tus tiranías,
          pero las ofensas mias
          no se vengan. Oye, espera.
LISINIO: ¿Qué mandas?
CLORO: Dos juramentos
          hiciste, que has quebrantado.
          Ya el uno está perdonado,
          y en él tus atrevimientos.
          Con martirios y tormentos
          los cristianos perseguiste;
          a infinitos muerte diste,
          asombro siendo del mundo,
          y el juramento segundo
          bárbaro y crüel rompiste.
            Bien puedo yo perdonar
          mis agravios, pero no
          los de Dios, que me mandó
          sus contrarios castigar.
          Vengan en ti a escarmentar
          desleales y crüeles,
          y los romanos laureles
          sepan en mi desatino
          que así venga Constantino
          la sangre de sus Abeles.

                    Dale muerte dentro

IRENE: ¡Matóle! ¡Heroico valor!
          Pero es justo aqueste pago
          de mis servicios. ¿Qué estrago
          hizo jamás el rigor
          yéndole a la mano amor?
          Refrenaron mis enojos
          su vista.
ISACIO: Leves antojos
          te disculpan, enemiga.

*Vanse todos. Salen ELENA, MINGO, y JUDAS, con
azadas*

ELENA: Cruz divina, en quien adoro,
si yo os hallo, si yo os veo,
rico queda mi deseo,
infinito es su tesoro.
     La primera quiero ser
que saque, mi cruz, la tierra
que como mina os encierra.
Merézcaos mi dicha ver.
JUDAS: En aqueste monte está,
conforme la tradición,
señora, de mi nación.
MINGO: De sepulcro os servirá
     el hoyo que hemos de abrir,
si no parece, judío.
JUDAS: Que hemos de hallarla, confío.
ELENA: Ni el oro que ofrece Ofir,
     mi cruz, se iguala con vos,
ni las riquezas del Asia,
ni el cinamomo y la casia,
que sois árbol de mi Dios,
     lleno de valor divino.
MINGO: Comencemos a cavar.
ELENA: Haced primero llamar
a mi hijo Constantino;
     no pierda el precioso hallazgo
de esta joya soberana,
pues en ella el César gana
tan ilustre mayorazgo.
MINGO: Voyle a llamar; pero él viene,
trocando el cetro en azada.

Salen IRENE Y CLORO con una azada

CLORO: Murió el tirano, y mi espada,
            hermosa y querida Irene,
              a vuestros pies, si es capaz,
            mi bien, del que en vos encierra,
            trueca mi enojo y su guerra
            en vuestra amorosa paz.
IRENE: Con tanto gusto la admito,
            generoso emperador,
            que en fe de mi firme amor,
            en cuanto hacéis os imito.
              La cruz preciosa buscad,
            que yo desde aquí, con vos,
            a Cristo tendré por Dios
            rendida mi voluntad;
              que quien a un César obliga
            a que la tierra grosera
            cave de aquesta manera
            y humilde sus pasos siga,
              no es posible que no tiene
            fuerza de Dios y valor.
CLORO: Echaste el sello a mi amor,
            discreta y hermosa Irene,
              y si idólatra te amé,
            contra nuestra ley tirana,
            ya agradecida y cristiana
            sol de mis ojos te haré.
ELENA: Hijo, solamente a vos
            os aguarda mi deseo
            para buscar el trofeo
            y triunfo eterno de Dios.
              Con ese humilde instrumento
            mostráis mayor majestad
            que con él autoridad
            de vuestro imperio opulento.
              Vamos los dos a este monte,
            preñez del parto que espero,
            nacerá el sol verdadero
            que dé luz a este horizonte.
              Yo he de dar, postrada en tierra,

la primera azadonada.
CLORO: Si es, madre y señora amada,
      el depósito esta tierra
         del tesoro que esperamos,
      pidamos juntos los dos
      favor a su fénix Dios.
ELENA: Bien dices, hijo, pidamos.

CLORO: Puente divina, en piélago profundo,
      que Dios franquea y pasa en mi reparo;
      pendón del cielo, e imperial labaro
      del Monarca divino sin segundo.
ELENA: Báculo de Jacob, en quien me fundo
      sustentar mi esperanza; Oriente claro,
      antes Ocaso, donde el pueblo avaro
      hizo ponerse el Sol, que alumbra el mundo.
CLORO: Arco de paz, que venturoso adoro.
ELENA: Cátedra donde Dios leyó de prima.
CLORO: Tálamo del amor, feliz misterio.
ELENA: Merezcamos hallar vuestro tesoro.
CLORO: Dadnos la joya que mi suerte anima,
      y estableced con ella nuestro imperio.

Cavan, y suena un gran ruido, y cae una montaña,
donde estarán las cruces, y canta una VOZ

VOZ: *"Constantino, sólo a vos*
      se reserva esta ventura.
      Ésta es la cruz que procura
      vuestra fe, cama de Dios."

CLORO: ¡Oh, misterio soberano!
      ¡Oh, celestial interés!
MINGO: Una buscáis, y son tres
      las que halláis.
IRENE: César cristiano,
         derretida por los ojos
      sale a ver alegre el alma
      este cedro, aquesta palma

que a Dios tuvo por despojos.
ELENA: Sí; ¿pero cuál de ellas es
          la cruz en quien Dios derrama
          su sangre, y sirvió de cama
          a su muerte?
CLORO: Aquí están tres.
          ¿Cómo haremos experiencia
          de la que es joya infinita?
JUDAS: Si vuestro Dios resucita
          muertos la misma excelencia
            tendrá la cruz verdadera.
          Manda traer un difunto,
          y aquella que diese al punto
          vida al muerto, que no espera,
            en tocándole, esas dudas
          satisfará.
CLORO: Buen consejo.
MINGO: Sin fe le habéis dado, viejo;
          mas ¿qué mucho si sois Judas?
CLORO: A Lisinio muerte di
          por idólatra y traidor.
          La cruz le ha de dar favor
          y vida. Tráiganle aquí.
MINGO: Vamos por él.
ELENA: ¡Palma santa
          que veros he merecido!
CLORO: ¡Que tal ventura he tenido!
IRENE: ¡Que por vos, divina planta,
            salí de la confusión
          de la ciega idolatría!

Traen a LISINIO muerto, sobre una tabla

MINGO: Ya un buitre, señor, quería
          hacer con él colación.
CLORO: La cruz primera bajad,
          y al muerto pongan sobre ella.
JUDAS: Si cobra la vida en ella,
          yo tendré por ceguedad

la ley que el hebreo profesa
y la sinagoga adora.
Yo seré cristiano agora,
si tal veo.

Toma MINGO la primera cruz

MINGO:　　　　　¡Oh, cómo pesa!
　　No la llevara un Sansón,
　　y más si sube una cuesta.
　　¿Quieren apostar que aquésta
　　fue la cruz del mal ladrón?
CLORO:　　　Ponelda encima los dos
　　del difunto.
ELENA:　　　　　Dadnos luz
　　si sois vos, divina cruz,
　　la que dio abrazos en Dios.
MINGO:　　　¡Pardiós! Tan muerto se está
　　como su agüelo. ¿Qué espera?
　　que esta cruz ya salió huera.
CLORO:　　　Sin duda esotra será
　　el árbol divino y santo.
　　Quitalda.
MINGO:　　　　　Yo bien decía
　　que del mal ladrón sería
　　cruz, señor, que pesa tanto.

Trae MINGO la segunda cruz

　　Pues ésta no le va en zaga.
　　Dándome va testimonio
　　que es la cruz del matrimonio,
　　segun pesa.
CLORO:　　　　　En ella se haga
　　la experiencia apercibida.
ELENA:　　　Pues en la cruz dio a la muerte
　　muerte Dios, por nuestra suerte
　　dad a este muerto la vida,

si sois vos, mi cruz, la cierta
en quien se hizo aquesta hazaña.
MINGO: A la primera acompaña.
IRENE: ¿Muévese?
MINGO: Sí, a esotra puerta.
CLORO: Yo he de traer la tercera,
que la fe a ello me inclina.

Trae CLORO la cruz de Cristo

ELENA: Esfera de Dios divina,
si sois la verdadera,
sacadnos de aquestas dudas.
JUDAS: Si ella tal milagro hiciese,
sería ocasión que viese
el mundo cristiano a Judas.
CLORO: Árbol que en el paraíso
de vida da fruto eterno,
en quien el racimo tierno
su licor exprimir quiso,
mostrad agora que en vos
nuestra ventura hemos visto.

Pónenla sobre LISINIO, y éste resucita

LISINIO: No hay más Dios que Jesucristo.
Cristo es verdadero Dios.
JUDAS: Y yo cristiano desde hoy.
IRENE: Yo la ley de Cristo sigo.
CLORO: Yo de sus glorias testigo.
ELENA: Y yo mil gracias le doy.
LISINIO: Yo con penitencia larga,
cruz, por vos adquiriré
el bien que perdí sin fe.
ELENA: Mi devoción, cruz, se encarga
de haceros un templo tal,
que no iguale a vuestra iglesia
la antigua fábrica Efesia,

ni el de Delfos le sea igual.
CLORO: Llevémosla entre los dos
        al Calvario, donde esté,
        pues en él, señora, fue
        el triunfo y muerte de Dios.

ELENA: Con vuestro hallazgo, soberana planta,
        granjeó nuestra dicha la riqueza
        de más valor, más precio y más grandeza
        que de Alejandro Grecia finge y canta.
CLORO: Yo, señal misteriosa y sacrosanta,
        os pienso colocar en mi cabeza,
        cifrando en vos mi imperio y fortaleza,
        dando a mis sucesores dicha tanta.
ELENA: No os tiene que dejar, preciosa oliva,
        palma, cedro y laurel, mi justo celo,
        pues deposito en vos el bien que he visto.
IRENE: La cruz de Cristo viva.
TODOS: ¡La Cruz viva!
CLORO: Árbol del mejor fruto, Iris del cielo.
TODOS: ¡Viva la cruz adonde murió Cristo!

CLORO: Ya su hallazgo habéis visto.
        A su triunfo os convida
        y demos fin al árbol de la vida.

FIN DE LA COMEDIA